Écritures arabes

Collection dirigée par Marc Gontard

Collection Écritures arabes

- N° 1 BAROUDI Abdallah, Poèmes sur les âmes mortes.
- N° 2 ACCAD Evelyne, L'Excisée.
- N° 3 ZRIKA Abdallah, Rires de l'arbre à palabre. Poèmes.
- N° 4 La Parole confisquée. Textes, dessins, peintures de prisonniers politiques marocains.
- N° 5 ABA Noureddine, L'Annonce faite à Marco ou A l'aube et sans couronne. Théâtre.
  ABA Noureddine, C'était hier Sabra et Chatila.
- N° 6 AMROUCHE Jean, Cendres. Poèmes.
- N° 7 AMROUCHE Jean, Étoile secrète.
- N° 8 SOUHEL Arys, Moi ton enfant Ephraïm.
- N° 9 BEN Myriam, Sur le chemin de nos pas. Poèmes.
- N° 10 TOUATI Fettouma, Le printemps désespéré.
- N° 11 ABA Noureddine, Mouette ma mouette. Poèmes.
- N° 12 BELRHITI Mohammed Alaoui, Ruines d'un fusil orphelin. Poèmes suivis de l'Épreuve d'être. Pamphlet.
- N° 13 BENSOUSSAN Albert, L'Échelle de Mesrod.
- N° 14 MORSY Zaghloul, Gués du temps.
- N° 15 BELAMRI Rabah, Le galet et l'hirondelle.

Leïla Houari

Zeida de nulle part

Roman

Préface de Martine CHARLOT

Éditions L'Harmattan
5-7, rue de l'École-Polytechnique
75005 Paris

© *L'Harmattan*, 1985
ISBN : 2-85802-472-0
ISSN : 0757-1429

A ma mère et à son rêve...

Préface

Le 3 décembre 1983, la marche pour l'égalité des droits des jeunes d'origine étrangère, essentiellement maghrébins, aboutissait triomphalement à Paris. Les Français découvraient l'existence sur leur sol d'une minorité d'un caractère tout à fait nouveau ; minorité désireuse de s'implanter ici, tout en gardant son originalité propre. Ces jeunes, contrairement à leurs parents, ont fait leur deuil d'une réinstallation « au pays », souvent après être passés par l'étape d'un projet de retour mythique, consécutif au rejet que la population française semblait apporter à leur désir d'intégration. Et voilà qu'ils devront vivre le plus heureusement possible avec nous, et que nous devons leur réserver une juste place, en tirant le meilleur parti des richesses dont ils sont porteurs.

Leïla Houari est tout à fait représentative de cette génération de jeunes issus de l'immigration. Son père est arrivé dans les années soixante, de son Maroc natal, en Belgique, suivi quelque temps plus tard du reste de la famille. La fille aînée, Leïla, avait déjà sept ans lors de l'exil : elle garde donc des souvenirs vivants de son enfance ensoleillée dans la mystérieuse ville de Fèz. Très vite, cependant, elle s'insère dans un nouveau pays et manifeste à l'école des dons d'expression remarqués par un instituteur qui lui promet un brillant avenir. Comme toutes les jeunes filles d'origine maghrébine, elle connaît des tensions entre les exigences de sa famille, surtout de son père, à son égard, et les séductions de la civilisation occidentale. Comme chez beaucoup d'entre elles, le conflit à l'adolescence aboutit à la fugue momentanée. Leïla comprend que la solution n'est pas dans cette situation de rupture, et elle cherche, en rejoignant un groupe de jeunes en recherche, le moyen de traduire son malaise d'une manière positive, principalement par l'écriture pour laquelle elle a manifesté très tôt un goût prononcé et un certain talent. Déjà, antérieurement, elle avait écrit, pour elle-même, un journal et des poèmes. Désormais, elle va plus loin dans la réflexion et s'interroge, avec d'autres, sur la manière dont des jeunes qui pratiquent le bilinguisme et le biculturalisme peuvent se saisir de la langue française pour la transformer en véhicule de leur imaginaire spécifique. Puis, c'est la rencontre avec l'amour ; et, au cours de sa première grossesse, Leïla choisit de s'éloigner du groupe et d'écrire l'histoire transposée de son itinéraire. Elle croit d'abord n'œuvrer que pour faire le point en elle au moment de transmettre la vie, mais elle découvre bientôt que sa voix a des échos chez des milliers d'autres, et qu'elle pourrait contribuer à faire appréhender à un vaste public ce qu'ont vécu des jeunes comme elle, répandus à travers toute l'Europe.

C'est son récit que vous allez découvrir.

« La fille de l'exil est revenue » est presque une autobiographie. Qui parle ? L'incertitude sur ce point traduit sans doute la difficulté de l'auteur à se situer parmi les différentes facettes de sa personnalité menacée d'éclatement. La première phrase de la sorte du poème qui ouvre le livre commence par « je » ; mais ce « je » est presque aussitôt suivi de « elle », et l'oscillation demeurera longtemps, au profit le plus souvent du « elle », jusqu'à ce que l'on apprenne que le personnage qui s'exprime a pour nom Zeïda...

L'incertitude sur l'identité du personnage se double d'une incertitude beaucoup plus prononcée quant au temps et au lieu du récit. Sur le mode de la rêverie, voire du rêve qui accompagne le sommeil, on passe insensiblement de Bruxelles au village de l'enfance ; de la chambre de l'amant éventuel à la maison familiale marocaine ; de l'Espagne traversée pour les vacances, à Casablanca. Tout est en contraste entre la réalité et le songe. Bruxelles est la grisaille, le logement exigu et humide, le travail, l'argent, le rendement, le noir... Les songes, c'est la chaleur qui fait fondre la peau d'emprunt pour provoquer la réapparition de la peau cachée, éclatante et parfumée. Presque toutes les nuits le cavalier noir emmène ainsi Zeïda dans un monde enchanté.

Pourtant il faut se déterminer. Comment faire lorsqu'on ne sait pas encore qui l'on est ? Suivre le même chemin que la mère qui n'a pu choisir son époux ? Jamais, malgré l'amour qu'on lui porte et le souci que l'on a de ne pas la décevoir. Zeïda-Leïla se rebelle : « Moi, je veux déchirer ce voile d'interdit ; je veux connaître l'amour ». Pas facile, quand la loi du père fait obstacle : « une ombre me poursuit, me bloque, et je crois bien que toute ma vie sera tatouée. J'ai voulu rejeter mon histoire, et voilà qu'elle me poursuit, me harcèle, me rit au visage et me laisse perdue. »

La fugue n'apportant que souffrance et éloignement de la mère bien-aimée, il faut tenter le retour au pays comme ressourcement, régénération, rédemption de toutes les souillures. En pleine illusion, « elle » décide de quitter Bruxelles et de partir pour le village où sa tante l'accueille : « Ce n'était qu'une fuite, elle le savait, mais vivre autre chose et ailleurs, cela pouvait peut-être l'aider à échapper à toutes les contradictions dont elle souffrait ». Elle a un tel besoin de retrouver l'Eden, la terre promise, la pureté, l'engloutissement sans problème dans un monde idéalisé, qu'elle adhère inconditionnellement à ce qu'on lui offre. Tout lui paraît merveilleux : « Le chergui tapait dur sur les mains et le visage de Zeïda. Elle se regardait dans le puits. Elle ne reconnaissait pas ce visage cuivré ; ses cheveux étaient attachés par un foulard qui laissait apparaître ça et là des touffes brûlées par le soleil ; ses yeux brillaient et un étrange sourire troublait l'eau. Elle aspirait l'air profondément. Au loin, des aboiements de chiens et puis le silence, ce silence qui vous parlait presque, tellement il était fort. Elle n'avait jamais connu un calme pareil, une telle sérénité. »

Autour d'elle, sa famille et les villageois savent bien, même si elle refuse de l'admettre, qu'elle demeure une « étrangère », et que, tôt ou tard, elle repartira. Ils ne comprennent d'ailleurs pas cet attrait pour un pays déshérité, eux qui n'aspirent qu'à partir vivre en Europe. Elle nourrit longtemps l'espoir de faire admettre par son nouvel entourage ses « idées à l'européenne » de liberté d'allure des filles. Elle ne saisit pas en quoi des conversations innocentes avec l'ami d'un de ses cousins peuvent constituer un objet de scandale pour le village. Watani, ce garçon qui est devenu son camarade-confident, tout en étant séduit par son expérience inaccoutumée, est lui-même désarçonné : « Tu me plais beaucoup, mais tu n'es pas faite pour moi, je n'arrive même pas à te comprendre... Repars. Le rêve n'est pas permis ici. »

Cet échec ouvre définitivement les yeux de Zeïda : « Étrangère, voilà. Elle se sentait tout bonnement étrangère. Il n'avait pas suffi de revêtir une blousa*, de tirer de l'eau du puits pour devenir une autre. Tous, ils avaient essayé de lui faire plaisir, personne n'a pensé un seul instant qu'elle était sincère, qu'elle voulait effacer, faire une croix sur son passé... Non, personne n'y a cru, et elle avait fini par se convaincre aussi. Le choix de se retirer totalement de tout ce qui

---

(*) Robe de la région de Oujda.

pouvait lui rappeler l'Europe n'avait fait qu'accentuer les contradictions qui l'habitaient. »

La tentative de retour était bien une fuite en avant pour ne pas affronter les vrais problèmes de ceux qui, sans avoir choisi l'exil, en ont subi les marques indélébiles. La place de Zeïda n'est pas dans le village marocain, pas à Bruxelles où l'attendent ses parents et ses camarades : « *il ne fallait pas s'en faire. Elle avait ramené un peu de menthe fraîche et des fleurs d'oranger pour les donner à sa mère. Elle souriait mais ne rêvait plus* ». Que faire en Europe ? Non se lamenter sur la condition d'être « déchiré » entre deux pays, deux langues, deux cultures, mais inventer le chemin étroit de ceux qui savent assumer leurs contradictions internes pour les transformer en possibilités créatrices : « *rien n'était à justifier, ni ici, ni là-bas. C'était comme cela, un point c'est tout... Chercher, et encore chercher, et trouver la richesse dans ses contradictions. La réponse devait être dans le doute et pas ailleurs.* »

Leïla Houari appartient à la génération des jeunes d'origine étrangère qui refusent de laisser les autres, c'est-à-dire les soi-disants spécialistes européens de l'immigration, parler à leur place. Leur expression éclate actuellement dans tous les domaines et dans tous les sens, littérature, radio, musique, cinéma, vidéo etc. Nul doute qu'en plus du renforcement de la conscience de son identité propre chez le groupe dont elle émane, cette contribution n'apporte à notre culture un peu sclérosée, un parfum sauvage de renouveau.

Martine CHARLOT

I

Je caresse ton corps pour effacer les larmes du temps. Un oiseau ce matin est venu surprendre le désir, les yeux ont souri, simplement...

A travers la vitre, elle aperçoit une ombre bleue, croit voir la mer...

Elle revient vers le lit où cette nuit des corps cherchaient le diamant des montagnes vertes.

Elle replie les draps, range l'amour, rhabille sa mémoire, qui s'était un peu trop dévoilée.

Elle irait voir sa mère pour lui raconter son rêve... Il faudra aller cueillir de la menthe fraîche, il y en aura peut-être dans les jardins publics.

Elle devait aussi acheter des fruits, pour colorer la grisaille.

Sa mère l'attendait dans une pièce sombre aux murs blancs, elle avait vieilli depuis le temps, oui ! depuis que ses rides, peu à peu, avaient pris l'habitude du malheur. La mère se dirigea vers la cuisine pour faire du pain, ils n'achetaient plus de pain chez le boulanger.

Elle pétrissait la farine, la rage au cœur, ses gestes étaient lents mais dégageaient une telle force !

— Tu sais me dit-elle, ceux qu'on aime sont déjà sous terre et on reste seul avec le vide ; un jour de profond sommeil je voudrais mourir, mais propre, mon seul souhait c'est que vous me mettiez mes plus beaux vêtements, tous sans en oublier un seul, comme cela les vers avant d'arriver à mon corps, passeront par la soie et le fil d'or.

Elle pleurait maintenant.

Je te regarde, je ne peux rien, ma solitude est orpheline, tes mots sont lourds, l'incertitude m'envahit.

Je voudrais t'offrir un ciel sur un plateau, des guirlandes de colombes pour t'entourer de caresses, que tes jours se confondent dans l'eau du Gebel de Fès.

Elle lui prit les mains, embrassa ses doigts un à un, autant de baisers pour effacer l'amertume. La mère sourit, les larmes se transforment en rires qui chantent, un peu de soleil réchauffe la glace de la mémoire.

Elle quitta sa mère pour retrouver la rue, les gens. Elle avançait, silhouette ! dit-elle tout bas, ton ombre est un voile dans le désert. Elle marchait parmi la foule, les vitrines lui renvoyaient l'illusion qui s'effrite en chiffon dérisoire.

Dans un bar, un homme était assis, le sourire vague, il grillait une Marlboro, il consumait l'ennui. Les regards s'échangent, un frisson parcourt les corps, pour meubler l'oubli. Elle lui sourit...

Des vagues venaient mourir dans le sable...

Le tonic amer pétille dans sa gorge, ce n'était pas la douce nèfle ni la touta de son grand-père, ses six ans étaient loin.

— Je suis seul, mademoiselle, vous êtes arabe... moi aussi je suis heureux de rencontrer une arabe.

Elle le regardait le sourire amer, le tonic l'aidait un peu.

— Non je ne suis pas arabe, je ne suis rien, je suis moi. Ah ! mes yeux bruns, excusez-moi, j'avais oublié...

Il prit son verre et vint s'asseoir à sa table.

Elle parlait...

— Vous savez ! un vieil homme en turban, je l'ai croisé dans les quartiers populaires, il m'a dit que les oliviers se désespéraient au pays, ils ne sont pas heureux, ... eux non plus...

— Il paraît qu'un engrais est venu d'Amérique... alors... ils ne sont plus eux-mêmes, ils parlent la nuit et font peur aux gens.

Elle éclata de rire.

— Il ne faut pas faire attention à ce que je dis, c'est un homme en turban qui me l'a raconté !

— Vous êtes belle mademoiselle, je suis arabe, vous voulez être mon amie, je suis parti il y a longtemps moi aussi ; j'ai laissé les miens, vous savez, je suis de bonne famille... quand on est ailleurs on n'est plus rien...

— Celui qui ne te connaît pas, te perd, dit-elle.

— Vous n'oubliez pas, j'aurais cru en vous voyant que vous étiez comme les femmes d'ici, c'est bien de ne pas oublier.

Elle le regardait, elle riait, elle s'en foutait de ce qu'il disait, il avait de beaux yeux, une belle bouche, dans le pantalon l'interdit qui accapare ses rêves. Elle se souvient très bien, les premiers poils qu'elle avait eus, marquaient la fin de toute sortie, son père lui avait fait comprendre qu'elle était devenue une femme et qu'elle devait se préserver des mauvaises filles, que son honneur était en jeu, elle n'avait pas compris, à l'époque cela lui était égal. Elle avait douze ans. Maintenant elle voulait voir, ses rêves ne lui suffisaient plus, elle se sentait coupable, mais elle voulait vivre pour réchauffer sa mémoire, elle cherchait le corps qui lui apprendrait son soleil, le cœur qui ne battrait qu'au rythme des gnaouas (1), elle voulait goûter le sel sur une bouche qui sentait l'huile d'olive, cette fois elle irait jusqu'au bout, pour trouver le cavalier noir de ses rêves, apaiser ce vent de sable qui souffle dans le désert de ses entrailles.

Il était content, il pensait avoir gagné sa soirée avec, en prime, une fille de chez lui. Mais ça lui était égal ce qu'il pensait, cette fois elle irait jusqu'au bout.

Il n'arrêtait plus de parler, mais elle était déjà ailleurs, c'était la nuit, tout change, le décor est différent, ce qui est laid le jour, la nuit l'efface, le jour dévoile brusquement les larmes de la vie.

Combien de nuits chez ses parents où elle ne dormait pratiquement jamais ? Ils habitaient un deux pièces, cuisine ; quand le soir venait tout le monde reposait chacun serré, l'un contre l'autre, les hivers étaient rudes et le chauffage humain efficace et pas cher. Elle se levait doucement pour ne réveiller personne et se dirigeait vers la fenêtre, savourait le silence, tout incident de la rue la passionnait, parfois c'était un ivrogne qui chavirait laissant ses tripes sur le trottoir, puis

---

(1) Musiciens-percussion.

s'enfonçait dans la nuit, sa solitude lui donnait la main. Une autre fois, c'était des amoureux qui s'embrassaient, se mangeaient au coin d'une rue, elle détaillait tout avidement, elle les enviait.

Elle restait là derrière le rideau pendant une heure, deux heures, elle pensait qu'il serait doux de se coucher sur la rue humide du désir de la vie et regarder le ciel.

Quand son père, par malheur, la surprenait, il la prenait par les cheveux en la traitant de folle, répétait à chaque fois qu'il aurait dû la laisser mourir (peu de jours après sa naissance, elle avait été malade) : « Ah ! si j'avais su que tu deviendrais une petite révoltée qui déshonore sa race ». Il se prenait la tête et criait : « Je n'aurais pas dû laisser cette vieille sorcière te guérir, je te tuerai bien maintenant ».

— « Tu attendais peut-être quelqu'un ? ton amoureux » Il jurait, insultait, elle l'entendait encore, il s'endormait longtemps après.

Elle avait peur de son père et n'osait rien dire, pourtant elle l'aimait beaucoup, mais il ne le voyait pas, le froid de l'exil a reculé ton passé, mon père, a meurtri ta fierté, tu étais cavalier, tu chassais dans les plaines vertes de l'Atlas, tu restais des nuits entières sous la tente avec les bergers, l'odeur du thé à la menthe se mélangeait à l'odeur des bêtes, tu me dis j'ai été jeune mais tu ne me racontes jamais... je cherche ta jeunesse et la mienne se fait hésitante, tu en as gros sur le cœur, mais tu ne veux pas partager tes mots. Tes mots qui sont durs, ont la dureté de ton expérience. Si tu m'avais battue, cela m'aurait fait moins mal.

Sur son cheval un cavalier doit rester errant, une famille, des enfants, l'Europe, le béton, l'exil ne remplaceront jamais le vent parfumé d'encens, l'odeur de lavande sur les femmes voilées que tu aimais, avant de prendre pour femme une petite fille blanche, avec, dans le regard, l'innocence du monde à son aube !

— Voilà, mademoiselle, nous sommes arrivés.

L'homme ouvrit la portière et un vent froid me sortit de ma torpeur, je le suivis comme un automate dans la nuit, nous montâmes un escalier dégoûtant, le papier peint dégageait une odeur de moisi, une petite porte brune, devant moi un matelas par terre, des posters, Jimmy Hendrix, les Beatles, des cartes postales du pays.

Une peau de mouton sur le sol, à côté du matelas, un plateau en plastique avec une théière et des verres si sales que le fond en était caramélisé. Il était gêné chaque fois que mon regard se posait sur un objet.

— Je suis célibataire dit-il en riant gauchement, ça se voit hein ! Tout en parlant il remettait une couverture sur l'espèce de lit.

Je voulais imprimer chaque chose dans ma tête, sûr, ce n'était pas le nid d'amour décrit dans les livres, mais cela respirait une autre vie, tout ce décor me pénétrait étrangement, je m'y sentis bien, il y a des misères qui rassurent pensais-je, celle-là particulièrement me rapprochait plus des miens.

Dans un coin de la pièce une bibliothèque avec quelques policiers, des ciné-revues, sur le dessus un pick-up, des disques posés négligemment.

— Vous voulez écouter un disque arabe ou anglais, j'ai de bons classiques arabes.

— Mettez un OUM Keltoum.

Une chanson lancinante nous enveloppa et la pièce sordide prit un air nostalgique.

La musique était là, présente, l'homme aussi. Mais elle, vivait ici et ailleurs, un cavalier galopait autour d'elle, ça tournait très fort, tout le sable du désert se soulevait et s'arrêtait à ses pieds, elle se sentait dévêtue très doucement, délicatement, comme une rose à qui on enlève les pétales, il caressait ses seins, son corps, elle aurait voulu qu'il lui embrasse les yeux, elle aurait voulu le caresser comme dans ses rêves lorsque le cavalier noir apparaissait. Non, elle restait de glace, les gestes de l'homme pourtant l'invitaient à l'amour, mais elle se jouait la comédie, les films qu'elle avait vus l'aidaient un peu.

Il voulait la pénétrer mais elle se retira, apeurée comme une biche, elle ne voulait plus, un homme en tagia sur les yeux ricanait doucement puis de plus en plus fort...

Un liquide froid, visqueux se colla sur ses jambes, elle pleura et caressa la tête de l'homme qui ne comprenait pas, semblait très déçu.

– Ce n'est rien dit-elle, faites comme si vous aviez rêvé, merci pour tout, au revoir !

Il n'essaya même pas de la retenir, il pensait qu'elle devait être folle, le pays rend fou ici !

Elle retrouva la nuit avec plaisir et soulagement, les néons dans cette ville absente tenaient la chandelle pour les âmes en mal d'amour, sur les murs des graffitis lui rappelaient qu'elle n'était pas dans son pays.

Elle retourna dans sa petite chambre pour rejoindre le cavalier de ses rêves qui devait s'impatienter. Elle s'enfonça dans son lit, mit la couverture sur sa tête et pensa aux vacances de ses quinze ans, pour la première fois, les parents avaient décidé de rentrer.

Huit ans déjà qu'ils n'avaient plus revu leur pays, elle n'arrivait pas à oublier, des images restaient en elle, n'ayant jamais compris pourquoi les siens quittèrent le Maroc. Sa mère lui avait dit : à cause de la misère. Il y a donc une autre misère là-bas, elle croyait que rien n'était comparable à ce qu'elle vivait, ici, à Bruxelles.

Et voilà qu'en cette fin de mois de juin, ses parents « étaient en préparatifs » : les valises, le café, le sucre, du chocolat, du thé Made in Japan, beaucoup de cadeaux pour toute la famille. Ils étaient heureux, le père se mettait à raconter des histoires sur le douar, les paysans, les souks, nous étions suspendus à ses lèvres et on en redemandait toujours plus.

Dans le brouillard de son rêve Fès lui apparaît, la vieille ville, celle d'en-bas, la cohue, le bruit de Seffarine à l'Ettarine, des parfums ennivrants, de la soierie, de l'or, Bab Ftouh, la porte des mendiants, des affamés, les odeurs surtout les odeurs, puis aussi la peur de cette vieille ville aux portes closes comme une vierge farouche. Elle accompagnait toujours sa tante accrochée au pan de sa djellaba, elle se souvient très bien qu'un jour aux portes de Bab Ftouh près du cimetière où viennent mourir les chiens, près des tombes en ruines, une procession de pauvres passait, des hommes transportaient une civière de fortune, un linceul blanc, un petit linceul, peut-être un enfant de son âge, des versets étaient psalmodiés par des tolbas, une femme en pleurs suivait derrière, la mère sans doute, les yeux hagards elle regardait le ciel comme si elle posait une question.

La petite fille ne pouvait pas détacher les yeux de ce corps d'où la vie était partie, elle se raccrocha encore plus fort à sa tante.

Le cimetière se dressait comme une citadelle, il dominait Fès, il appartenait à tous ceux qui aimaient la vieille ville et ne possédaient rien.

Des mendiants usés par le temps venaient mourir là en dessous d'un figuier, un soir... alors que les fous se promènent nus, le crâne rasé, que les ivrognes viennent cuver leur mauvais rouge, le cebsi (2) bourré, chacun venait chercher la compagnie des morts, parfois l'un d'eux récitait un verset pour ceux qu'on oubliait.

---

(2) Cebsi : sorte de calumet à longue branche et petite tête creuse que l'on bourre de kif.

Sa tante la tirait en lui disant que c'était mauvais de regarder la mort de trop près.

Elles se dirigeaient vers Jenan L'Hraîchi, un quartier très populaire à Fès, prirent une petite ruelle où les égoûts dégageaient une odeur âcre de détritus, de pourriture, d'urine, un paradis pour les rats !

En opposition venaient s'ajouter des relents de pains, de friture, de beignets, de cuisine à l'huile d'olive, de parfums de menthe fraîche que les marchands arrosaient d'eau pour qu'elle ne se dessèche pas, tout cela vous prenait à la gorge agréablement et donnait envie de manger. La tante frappa à la porte d'une petite maison enfoncée dans une impasse, la petite fille prit peur sans savoir pourquoi.

– Chkoun, dit une voix de l'intérieur, la porte s'ouvrit dans un gémissement, les yeux étaient éblouis par une masse de femmes habillées de blanc, les cheveux décoiffés, dansant au rythme du bendir. Une vieille aveugle criait des incantations :

– Ya Moulay Abdeslam, aides-nous à nous débarrasser de l'angoisse qui habite nos corps, ya Moulay Abdeslam, saint des saints, si l'enfant pleure, efface ses chagrins, regarde le foulard rouge, je le mets sur mon cœur, ya Moulay Abdelkader, chasse notre peine, notre misère est à toi, aide ces femmes qui viennent danser pour toi, exorcice les démons qui les hantent.

Des femmes scandent au même rythme, ma tante se joint à elles, transportée, elle devient autre.

Et ma tête tourne, je regarde, les yeux exorbités, la transpiration des danseuses me suffoque, l'une d'elle tombe par terre, se tord en tout sens, les autres l'ignorent, son souffle est fort, sa poitrine se soulève. Je revois la procession, le petit linceul, les excréments, j'entends un muezzin. Je comprends maintenant que ses prières s'adressent à d'autres, il ne fait partie que d'un décor que les hommes ont voulu ainsi...

Quand on revient du sud du Maroc, on longe des routes qui tournent, se tordent comme des serpents. La canicule est si forte au mois de juillet et août, tout paraît figé, le soleil implacable jette ses rayons de métal, les voitures avancent au ralenti, souvent elles sont stoppées, les conducteurs vont voler un peu d'ombre sous un arbre.

Quand on se retrouve tout en haut de la route on peut voir Fès la mythique, elle vous apparaît multitude de couleurs dans un tableau, puis de nouveau la route tourne et descend : disparition de la ville, engloutie comme l'Atlandite, qui, enfin, renaît. Et chaque fois le bonheur dans le cœur de la petite fille. Elle aimait Fès.

Tout se mélangeait, s'éparpillait, elle voulait se rappeler mais à cinq ans on ne retient que ce qui vous frappe. Quand sa tante regagnait le haut de la ville, elle croyait rêver, la femme était calme, paisible, avançait sereine dans la medina, plus rien ne la touchait : à la maison elle commença par éplucher des artichauts, feuille par feuille en mordant le bout blanc, elle riait avec les voisines qui étaient descendues pour aider et passer les heures : l'une apporte un plateau sur lequel s'entassent des verres de thé, l'autre un pain encore chaud du ferane, celle-ci des olives qui baignent dans l'huile.

Elles se racontaient des histoires de femmes, le temps s'arrêtait là...

Comme si dehors plus rien n'existait, la misère, dar Dmana la folie... plus rien de tout cela ne les touchait. La petite fille rejoignait les autres gosses, elle oubliait aussi...

Ah ! oui ces premières vacances, la France, les longues baguettes de pain que tout le monde croquait avec plaisir. L'autoroute très large se déroulait devant eux et paraissait sans fin. Le voyage était dur, les yeux pleuraient, le derrière ne vous appartenait plus ;

Hendaye brumeux les vieux portaient des petits bérets mis sur le côté... dans le regard la fierté se montrait.

Au fur et à mesure qu'ils descendaient vers le sud, l'ambiance devenait autre, les gens sortaient par groupe endimanchés, comme s'ils n'avaient rien à faire que de se promener, nous regardions les yeux hébétés, la fatigue nous donnait un aspect ridicule.

– Papa sommes-nous arrivés ?

– Non je vous ai déjà dit qu'il y a un bateau à prendre, bande d'ânes !

Alors les enfants se taisaient, s'enfonçaient dans les sièges, le père éreinté par le voyage devenait hargneux, sa gaieté avait disparu.

Quand ils virent la mer, une grande joie les gagna tous, l'air frais sentait le poisson, ils arrivaient à Algésiras. Le père demandait la direction !

– El puerto por favor.

C'était tout ce qu'il savait dire.

Quand ils arrivèrent sur le quai, pas de bateaux ! Il fallait attendre, un camping de fortune était installé par les autorités locales.

Ils avaient l'air de revenants, la fatigue les rendait presque comme des bêtes, déboussolés ; le père courait dans tous les sens, en face du port, les hôtels affichaient complets ! de toute façon il n'était pas question de dépenser de l'argent, on s'arrangerait dans la voiture. Évidemment, pour les Espagnols c'était un peu la bonne affaire, les Marrecuos se bousculaient dans les magasins afin d'acheter de l'eau, du lait, des boîtes de sardines, des fruits, même des timbres.

Il y avait beaucoup de petits restaurants, ils sentaient la friture de poisson, tout était frit, gambas, merluche, la tortilla, les Espagnols buvaient beaucoup de cerveza, c'était en grande partie des marins, ils étaient rouges et dans leurs poches les pesetas sortaient à profusion. Elle se souvenait de la chanson de Brel, « Amsterdam, les marins qui rotent en buvant », elle ne connaissait pas Amsterdam, mais elle pensait que les marins devaient se ressembler partout.

Le père se rendit au marché et l'emmena ; sur la petite place, des cris, des couleurs, il acheta des poires, celles qui sont très parfumées, une pastèque ; elle regardait les vitrines des magasins de chaussures, son père lui acheta des sandales jaunes à hauts talons, elle était contente.

Puis ce fut la nuit, le silence, radios en sourdine, l'un ou l'autre écoutait les informations du pays qui était en face. Les chuchotements sur le camping « zoufria » (3) dissimulaient mal la déception et le bonheur d'être si près et à la fois si loin.

Elle se souvient (car ici, le père ne lui interdit pas de se promener) la nuit, quand tout le monde se fut endormi, elle réveilla son frère.

— Viens on va regarder la mer et les bâteaux.

Il se leva à moitié endormi, elle lui prit la main.

Ils marchaient ainsi traversant cette multitude de corps affalés sur le sol. Le ciel était noir avec des étoiles, beaucoup d'étoiles, jamais elle n'avait vu autant d'étoiles, elle se disait c'est peut-être ça la fin du monde.

Puis ils allèrent s'asseoir sur le quai, une puanteur se dégageait de l'eau, les enfants étaient déçus, des méduses flasques flottaient des épluchures d'oranges, des papiers, une vraie poubelle dans l'eau.

— Viens, on retourne dormir
— Non reste avec moi, je te donnerai un dirham que j'ai trouvé à la maison.

Alors le petit garçon alléché regardait, à moitié endormi, sa sœur l'embêtait avec ses caprices, mais le dirham était le bienvenu, il pensait que c'était une fortune, on leur avait tellement répété que tout était presque gratuit là-bas !

---

(3) Ouvrier.

De l'autre côté du port, une multitude de petites lumières brillaient.
- Tu crois que c'est le Maroc là-bas ?
- Mais non, ne sois pas idiot, on ne passerait pas trois jours à attendre si c'était en face...
Le petit garçon ne dit plus rien.
Enfin ils purent prendre le bateau, la sirène retentit... Des files entières de voitures attendaient avant de s'engouffrer dans cette énorme gueule qui les avalait. Certaines étaient tellement chargées que les familles devaient en descendre pour les alléger. Beaucoup de solitude et de sacrifice pesaient sur ces porte-bagage !
La sueur vous coulait de partout, les enfants n'en pouvaient plus, la mère avait les pieds tellement gonflés qu'elle ne bougeait pratiquement pas, juste un peu la tête pour voir ce qui se passait autour d'elle.
Le regard de la mère n'a pas changé, la même tristesse, la même résignation, elle suivait le père mais dans son cœur le tableau de sa vie restait enfermé, antiquité sans prix.
Le paquebot « Victoria » avait enfin englouti tout le monde, maintenant il glissait doucement sur l'eau.
La petite fille pensait que la langue du pays c'était la même chose que le français, mais chaque mot finissait par un « a », ainsi victoire, victoria.
Elle grelottait, l'air de la mer était glacial et pénétrait dans tout son corps.
Il y avait aussi des Espagnols dans le bateau, ils traversaient pour faire des achats à Gibraltar, tous les produits y étaient hors taxe.
Ils étaient très bien habillés et très parfumés. Zeida, gênée par son aspect sale, se disait qu'eux n'avait pas roulé pendant des kilomètres et des kilomètres.
Elle alla se mettre à l'arrière du bateau pour ne plus voir personne, d'ailleurs son cœur tournait, le bateau n'arrêtait pas de danser.
Elle resta là enfoncée dans un petit coin, les genoux

serrés très fort contre son ventre, elle soulevait juste la tête et laissait le vent jouer dans ses cheveux, le ciel était très bleu, le soleil éclatant, elle essayait de le défier en gardant ses yeux grand ouverts, mais les larmes lui coulaient sur le visage et elle remettait sa tête ivre entre ses jambes. Jamais autant de soleil, autant de vent qui lui réchauffait et lui glaçait tout le corps, comme si tout cet air, cette chaleur faisaient fondre sa peau pour lui en redonner une autre.

Huit ans de grisaille, de noir, de neige, l'enveloppaient comme le turban du grand-père.

— Eh ! bien qu'est-ce que tu fais ici, dit son frère essoufflé, viens vite, papa te cherche, on est arrivé, on doit descendre pour se mettre dans la voiture ! il est furieux tu sais !

Dès que les voitures étaient sorties du bateau, elles filaient en désordre, comme à la foire les « autos-tamponneuses », une violence et une joie se lisaient sur les visages de ces gens qui arrivaient enfin chez eux ! Même le père avait changé, seule la mère ne bougeait pas, juste un sourire peut-être, les enfants criaient « on est chez nous » et ils commençaient à chanter à tue tête !

— C'est encore loin le village de Ba Sidi, demandèrent les enfants.

— Encore 600 kilomètres.

— Et c'est pas fini, reprit-il, il y a encore la douane, tenez ! remplissez les papiers.

Le père se déchargeait de cette corvée.

Ils restèrent des heures et des heures à attendre, dans la chaleur qui les suffoquait, la fatigue, la faim, la soif... Zeida ne pouvait pas s'empêcher de dire :

— Qu'est-ce qu'ils sont mal organisés, ici, au moins pour ça, là-bas, ça va plus vite !

— Vous n'êtes pas en Europe, les gens ont tout leur temps et si tu fais trop de commentaires, tu risques de passer tes vacances à la douane.

Il disait cela, mais dans le fond il n'était pas content du tout !

Un douanier s'approcha de la voiture :

— Salam ali koum, c'est à toi tous ces enfants ? Zeida pensait, quelle bête question, à qui pouvaient appartenir ces enfants.

— Vos passeports ? vous avez les cachets ?... bien !

Il regardait le père dans les yeux avec un sourire idiot, celui-ci prit dans sa poche, tous les billets de pesetas qui lui restaient et les glissa discrètement dans la paume tendue.

Alors le douanier cria à son collègue !

— Laisse passer, ils sont en ordre !

Le soir tombait, quatre jours sur un mois c'était beaucoup, pensait Zeida, mais elle était heureuse malgré la route qui restait encore, le paysage était tout à fait différent de ce qu'ils avaient vu jusqu'à présent, un vent très doux volait dans l'air. Comme elle aimait ces gens qu'elle voyait sur des ânes. Ce qui l'avait touchée, c'était les femmes qui avançaient avec, sur le dos, des fagots énormes de bois fins, elles se déplaçaient lentement pliées en deux, la sueur au front ; quand les voitures passaient, elles s'arrêtaient et souriaient.

Le père klaxonnait pour n'importe quoi. Zeida était heureuse !

Le village était petit mais très animé, la voiture s'engagea dans les ruelles, les enfants couraient derrière le véhicule en riant et criant : — l'kharij ! l'kharij ! (4) Maintenant le père était tout propre, les enfants et la mère aussi, ils s'étaient arrêtés sur la route près d'une source : on ne pouvait pas arriver

---

(4) L'kharij : l'Europe.

27

d'Europe négligé, tout le monde habillé de neuf, fin prêt pour voir la famille.

La petite place du village regorgeait de monde, il y avait des cars de la C.T.M., des gens se bousculaient pour lancer leurs coufins aux convoyeurs.

Près des cars on voyait les marchands d'œufs durs, de boissons qui étaient mises dans des sceaux remplis d'eau.

Un homme en turban se dirigea vers le père qui se trouvait à côté des marchands de fruits et légumes, il commença à l'embrasser avec des larmes dans les yeux, il faisait des grands gestes et il ne voulait plus lâcher mon père.

Puis il entra dans une petite boutique afin d'acheter toute sorte de choses pour la famille.

Autour de la place, il y avait des arbres, sous chaque arbre des hommes en turban assis sur les talons discutaient vivement ou bien somnolaient.

Le père, lui, revenaient avec ses achats et les lançait dans la voiture, il y avait même un demi-mouton acheté à l'khemisset. Enfin il démarra pour de bon cette fois, du moins tout le monde l'espérait.

– En route pour la maison de votre grand-père !

Les enfants se mirent à crier de joie. Le chemin qui menait chez le grand-père était cabossé, il y avait des trous si grands, qu'une personne aurait pu s'y cacher, une sagia (5) coupait la route, le père la traversa, la voiture était pleine de boue, puis les arbres barraient presque le chemin, les branches tombaient lourdement et caressaient la voiture.

Quand on arriva, la ferme était silencieuse, des poules picoraient sur le fumier, un chien aboya méchamment, un autre, alors de toute part de la maison jaillirent des enfants, puis une vieille avec un bâton sortit

---

(5) Sagia : petite rivière.

pour voir qui faisait tout ce bruit. Quand elle reconnut mon père, des larmes brillèrent dans ses yeux, elle commença à courir dans tous les sens, elle ne savait plus quoi faire, elle courait comme une poule à qui on aurait coupé la tête.

Elle s'engouffra dans la maison pour appeler, alors un vieil homme en tchamir (6), des petits yeux pleins de surprises, des femmes, sortirent. Elles portaient des robes de toutes les couleurs ; rouges, jaunes, vertes. En l'espace de quelque secondes, la ferme se remplit de monde, des you-you assourdissants retentirent dans cette immensité.

« Le fils de l'exil est revenu, le fils de l'exil est revenu ! avec sa famille ! »

Zeida ne savait plus combien de temps avaient pris les embrassades, les questions, les réponses, encore des embrassades, mais ce qu'elle n'oubliait pas c'était le goût des plats que la famille était venue préparer en l'honneur des nouveaux arrivés.

Cette soirée resterait gravée dans sa mémoire, le mouton, les poulets, dindes, fruits, lait frais, lait caillé, les galettes de miel, jamais un repas ne fut aussi grandiose dans le souvenir de la petite fille, elle avait le cœur tellement gonflé que si elle avait pu, elle l'aurait piqué avec une épingle, pour être soulagée de ce bonheur.

La jeune femme se réveilla en larmes, pourquoi était-elle partie de la maison, dans le fond elle n'avait jamais essayé de dialoguer avec ses parents, elle ne supportait plus cette solitude loin de ses frères, loin de sa mère !

Peut-être que son père serait plus calme maintenant, cette semaine semblait être une année, toutes ces

---

(6) Tchamir : longue robe.

images qui la poursuivaient dans son sommeil, la remettaient lourdement en question.

Demain elle retournerait chez sa mère, elle devait lui parler, il fallait habiller ses mots de miel, oublier cette amertume qui lui rongeait le cœur.

Elle parlerait à sa mère, elle se recoucha de nouveau, un peu calmée, une colombe blanche l'effleura de son aile pour apaiser sa tristesse, drôle de pays qui éparpillait les sentiments et les hommes.

Des filets d'un soleil anémique venaient égayer ce matin de printemps.

La jeune fille se leva un peu moins triste que la veille, elle souriait en se lavant le visage, l'eau très froide la secoua, c'était sa façon à elle de rester avec la réalité, trop souvent elle s'absentait de ce monde qu'elle ne voulait pas regarder dans les yeux...

Elle s'habilla, se parfuma d'espoir, et sortit un peu plus légère, le pâle soleil souriait aussi.

Ce pays ne bougeait qu'aux heures de pointes. Elle traversa la ville en regardant le ciel très bas, déjà la pluie s'annonçait, mais de la pluie elle avait pris l'habitude, s'en était était même fait une amie. Elle ne regardait pas les vitrines, c'était surtout les gens qu'elle préférait observer, pourtant ils n'étaient pas drôles, ils passaient en marchant très vite, comme si le temps leur volait quelque chose, « le temps c'est de l'argent » telle était la phrase qu'elle entendait sans arrêt, et l'argent c'est quoi ?, elle ne se pose pas beaucoup la question, elle a toujours dû travailler à gauche, à droite pour en avoir un minimum. Tout cela ne l'empêchait pas de rire ; alors elle souriait quand elle croisait quelqu'un, mais à son sourire, seule répondait la méfiance ; elle aurait voulu crier : « Vous savez, c'est normal, s'est sain, vous auriez moins d'ulcères, on devrait vous taxer pour la tronche que vous tirez, cela décoincerait peut-être votre mâchoire coulée dans du béton ».

Non, elle ne disait rien, un voile de tristesse sur ses yeux, espérant qu'une ombre bienfaisante viendrait la prendre par l'épaule pour la rassurer.

Zeida trouva sa mère en train de coudre, quand sa mère cousait c'était bon signe, en général.

— Bonjour ma fille.

Elle s'embrassèrent en se serrant très fort.

— Si on m'avait dit un jour que m'exiler m'arracherait un de mes enfants, j'aurais mendié plutôt que de venir dans ce pays de malheur, qui nous fait payer cher notre pain ».

Zeida ne savait quoi répondre, elle pleure aussi.

— Tu sais, ton père, s'est un peu calmé, mais il ne parle plus, la nuit il ne dort pas, il reste les yeux grand ouverts...

— Mère je voudrais que tu lui parles...

— Tu sais, ma fille, il n'arrête pas de dire que tout ce qui arrive est de ma faute, que j'ai été trop indulgente avec vous, sa colère se déverse sur moi et cela me rend malade. Comme si je n'avais pas eu ma part de malheurs.

« Si tu veux m'apaiser, Mon Dieu, rappelle-moi auprès de toi. »

Un fleuve inonda son visage, Zeida prit un mouchoir, lui essuya les yeux gonflés de douleur.

— Ce n'est pas possible, il faut que tu reviennes, je ne sais pas de quoi il est capable, il pourrait nous emmener tous là-bas, on n'a même pas de maison, les études de tes frères, envolées, il préfère la misère au déshonneur, tu le connais.

— Mais, maman, on ne s'entend pas, on ne peut vivre sous le même toit.

— Prends garde au dard de la malédiction, évite sa colère, c'est très grave de s'attirer la malédiction des parents, les parents c'est sacré. Allah n'admet pas la rébellion.

Que pouvait-elle répondre à sa mère, ce qui lui faisait peur, la hantait, c'était bien cette malédiction qu'elle ne comprenait pas, mais redoutait, du plus profond d'elle-même, elle la portait comme une empreinte cachée, tout ce qu'elle vivait était maudit, trop de contradictions se mêlaient pour qu'elle y voit clair.

— Mère, raconte-moi là-bas, mère efface les tourments du doute, mère prends-moi, mets ma tête contre ton ventre, laisse-moi sentir le henné, il porte bonheur tu m'as dit. Raconte-moi les maisons, la misère : il me semble qu'elle doit être moins pénible sous le figuier quand souffle le chergui (7) c'est peut-être moins dur...

Aide-moi mère, quand tu t'absentes, quand tes yeux trop fatigués d'avoir pleuré leurs jours se ferment, que voient-ils ? Aide-moi à accepter, ta résignation en ce qu'elle a de sublime c'est ce rêve auquel tu es attachée, il te promet des jardins éloignés, tu penses souvent au linceul blanc qui viendra éteindre le feu habitant ta mémoire.

Mais moi, qui peut me soulager ? Mère, raconte là-bas.

Elle comprit, pris mes mains et :

— Tu sais, là-bas j'étais jeune, forte, la plus jeune des filles, personne ne s'occupait de la petite, je courais dans la medina, insouciante, aidant les voisins.

— Quand les français vivaient chez nous, les villes nouvelles étaient très propres, les paysans ne pouvaient y habiter, d'ailleurs ils n'y pensaient pas, les pluies étaient généreuses en ce temps.

Je faisais les commissions, j'étais en robe, j'avais les cheveux blonds, la peau blanche, aussi lorsque j'arrivais près de chez moi (c'était un quartier populaire dans le centre de la ville), les gamins me jetaient des

---

(7) Chergui : vent sec.

pierres, ils pensaient que j'étais française... Le bonheur se résumait à me balader dans les petites ruelles, à avoir près de moi mon père, ma père, mes frères et sœurs. Celles-ci me conseillèrent d'aller à l'école, quand j'eus l'âge, elles me confectionnèrent un tablier, achetèrent une ardoise, tressèrent mes cheveux.

Je me rendis à l'école toute fière d'apprendre à écrire, j'avais même fait des projets pour plus tard...

Le premier jour de classe, manque de chance, je rencontre mon père, il devint rouge de colère, me prit par les oreilles et me ramena à la maison en criant que lui vivant, aucun de ses enfants, encore moins une fille, n'irai étudier chez ces koufars (8) de français, cela suffisait qu'ils nous prennent le pays, voilà qu'ils se mettaient aussi à détourner les jeunes de la religion par leur savoir.

Je pleurai toutes les larmes de mon corps et mes sœurs aussi, j'ai jeté mon tablier et mon ardoise dans le puits, près de la mosquée, j'ai continué à porter le pain et courir dans les ruelles, je passais près de l'école mais plus jamais je ne l'ai regardée.

– Bien plus tard mon père mourut, Allah y Rhamou (9), ma mère vendit le magasin qu'il nous avait laissé pour que nous puissions vivre.

Tu pourrais croire que mon père mort j'aurais pu enfin étudier. Eh non, c'était trop tard, il fallait payer les livres et je devenais un peu vieille aussi !

Avec le temps ma mère s'usait de nous voir toujours pas mariées, elle décida de me marier en premier lieu, parce que j'étais la plus jeune, je représentais un obstacle pour mes sœurs. Moi, je ne voulais pas, mais mère répétait qu'elle préférait nous donner

---

(8) Koufars : non croyants.
(9) Allah y Rhamou : que Dieu ait son âme.

au premier venu plutôt que de nous voir nous disputer tous les jours comme des poules en mal de coqs.

Tous les prétendants qui venaient chez ma mère, désiraient la plus jeune, la plus blanche, mes sœurs ils ne voulaient pas en entendre parler, elles étaient trop vieilles ! tu sais elles devaient avoir à l'époque vingt et vingt quatre ans, tu te rends comptes ! J'avais beau pleurer, ma mère n'en pouvait plus, elle ne voulait rien entendre et en s'adressant à moi elle me dit : « Le prochain tu le prends que tu le veuilles ou non, tordu, aveugle, vieux, même habité par les démons tu te marieras ! »

— Dans le fond quand je réfléchis, je ne lui en veux pas elle était veuve, presque sans ressource et honnête, puis mes sœurs m'en voulaient beaucoup d'être l'élue, d'ailleurs elles ne se gênaient pas pour me brimer, m'humilier, c'était moi qui lavais le linge, portais le pain, tous les travaux de l'extérieur étaient pour moi.

— Tu sais, me dit-elle sérieusement, c'est difficile chez nous pour une femme de trouver un mari, soit parce qu'elle est trop vieille, trop brune, malade, puis les mauvaises langues se chargent des jeunes, j'en connais qui sont restées vieilles filles parce qu'elles avaient la mauvaise habitude de discuter devant la porte ou de se montrer sur les terrasses le soir. Aussitôt qu'elles étaient repérées, les gens les montraient du doigt, ils les traitaient de tous les noms, certaines ont même dû entrer au bordel. Nous payons cher la sauvegarde de notre honneur, maintenant beaucoup de choses ont changé... Ah, si j'avais pu étudier, je n'en serais pas où j'en suis, tu as cette chance là et tu n'en profites pas...

J'aurais voulu la tenir bercée contre mon cœur pour la ramener aux jours heureux de son enfance, mais je ne fis rien, je respectai le conte de sa vie.

— Tu sais ! je n'ai que deux beaux souvenirs, c'est

mon enfance et le jour de mon mariage ! pas la nuit de noces, non... la fête chez les miens.

Ma mère était transformée, elle avait retrouvé l'aisance du temps où mon père vivait, parce que finalement j'ai dû me résigner et accepter un homme... marié, il était encore jeune, beaucoup plus vieux que moi mais plus jeune que tous ceux qui étaient venus auparavant, beau et il travaillait, donc il avait de l'argent ! puis ma mère fut séduite par le ton franc, par ses cadeaux, sa générosité, je me souviens bien il a frappé fort à la porte, c'est moi qui ait été ouvrir... dès que je l'ai vu j'ai eu un pressentiment, je suis restée cachée, je ne lui ai montré qu'un œil, il m'a tout de suite dit : « Est-ce que Tamou l'hajia est venue ici ? ». Je lui claquai la porte au nez et je revins très vite dans le patio rouge. Ma mère en me voyant demanda :

– Eh ! qu'est-ce que tu as ?
– Heu... hum un homme demande si Tamou l'hajia n'est pas venu ici.

Mes sœurs se regardèrent avec un sourire complice.

– Et où est cet homme, que lui as-tu dit ?
– Rien j'ai fermé la porte !
– Petite malheureuse c'est comme cela que tu reçois nos hôtes mais il fallait dire... bon j'y vais.
– Tu sais tamou l'hajia c'était une vielle femme que les gens chargeaient d'aller voir dans les familles les jeunes filles à marier, comment étaient-elles faites, si elles baissaient les yeux ou étaient dévergondées, quand son nom était prononcé dans une maison, les gens savaient que bientôt du poulet, de la viande, et des gâteaux au miel embaumeraient le quartier.

Ma mère le fit entrer dans le salon, il ne resta pas longtemps depuis ce moment là je ne l'ai plus revu, jusqu'à ma nuit de noces, seul le son de sa voix résonnait en moi.

Ma mère avaient les yeux tristes et remplis de larmes, jamais je ne l'avais vue dans cet état, elle allait et venait elle jeta sa djellaba sur elle et alla demander conseil à la famille, elle n'avait pas donné de réponse définitive, comme elle était veuve, il fallait qu'elle demande l'avis d'un homme, elle se rendit chez son frère et ne revint que tard dans la soirée ?

— Je ne dormais plus, je savais que bientôt toute ma vie serait bouleversée.

Jamais elle ne m'avait raconté, un lien profond se renouait, la corde du puits était retrouvée, on pouvait boire un peu d'eau...

Peut-être papa... peut-être que lui aussi... pourrait me prendre par la main et me rendre mon enfance.

— Eh bien ya benti (10) ! tu veux connaître la suite, tu as l'air distraite ?

— Non, continue, j'ai des nuages dans la tête.

Elle reprit :

— Ma mère était heureuse, une fille mariée, mes sœurs aussi partageaient son bonheur, bien qu'au début elles m'en avaient un peu voulu.

Les voisins, les tantes, tout le monde était mobilisé, le mariage c'était dans trois mois, alors la laine fut lavée et séchée, la maison nettoyée, les couvertures relavées, les marmites récurées, ma mère moulut du blé, ma sœur avait confectionné la robe de mariée, du tissu pour les kaftans fut envoyé chez le tailleur, on exigea pour la cadette le fil le plus pur, le plus blanc, le plus brillant.

A partir de ce moment là, la maison prit un air de fête que jamais je ne lui avais connu, sans cesse les curieux arrivaient pour voir ce qui se préparait, des galettes de miel et du thé étaient toujours prêts sur un plateau, le patio avait été arrangé pour que la famille

---

(10) Ya benti : ma fille.

puisse y dormir. Je ne me montrais plus à personne sauf à quelques proches dont tamou l'hajia qui venait voir comment je me portais, elle avait demandé à ma mère une photo pour le fiancé, et dit qu'il voulait me voir aussi.

Ma mère lui répondit, choquée, que cela ne s'était jamais vu à Taza, qu'on était pauvre mais que le respect des traditions était notre raison de vivre, que pour la photo on pouvait bien lui en donner une, mais quant à me voir, il aurait toute la vie pour cela. Alors je partis dans la ville nouvelle me faire photographier, tu te rends compte la première photo de ma vie était destinée au premier homme de ma vie...

Ma mère changea ma coiffure, ma sœur Zineb me donna un collier de perles, je mis un pull blanc à petits trous, tu sais de ces pulls qui sont revenus à la mode, j'avais l'air d'une française avait dit une jeune voisine qui nous aidait.

Je ne me suis pas reconnue quand j'ai reçu la photo, je me trouvais belle, ce n'était pas moi, ce devait être esser (11) qui tombait sur moi, on dit chez nous qu'une jeune fille restée très simple, sans jamais se mettre de la peinture sur la figure, à partir du jour où elle serait demandée en mariage, toute la beauté du ciel recouvrirait son visage pour l'illuminer.

Un mois s'écoula et ton père revint à la charge, je crois, dit-elle avec malice, que la photo avait dû faire son effet. Il voulait que les fiançailles soient avancées, il apporta à ma mère un veau, deux moutons, un sac de farine, un sac de semoule la plus fine qu'on eut pu trouver, du sucre, des jarres d'huile d'olive, même du sel, du charbon de bois pour le brasero, des cadeaux pour ma mère et mes sœurs, pour moi sept bracelets en or, un coupon de soie, une paire

---

(11) Esser : le charme.

de chaussure blanche et un parfum, Soir de Paris. Tant de générosité comblait ma mère, il avait su lui redonner la joie de vivre et d'être fière.

« Il était tellement franc, il avait avoué qu'il buvait et avait connu beaucoup de femmes. Les gens qui le fréquentaient prévinrent ma mère : "tu jettes une enfant à un lion" ».

Mais elle me disait : « C'est ton destin, ma fille, la vie à la maison devient impossible, je ne vais pas vivre éternellement, et je voudrais tellement vous voir dans votre foyer avant de mourir. Cet homme me plaît, il a un grand cœur, peut-être qu'avec toi il va changer. »

« Ah, généreux, ton père l'était, même un peu trop. Ce qu'il gagnait le jour, la nuit l'emportait et on s'est vite retrouvé assis sur une natte, alors il décida de partir pour l'Europe, les gens racontaient que l'argent et le travail ne manquaient pas. Sans hésiter, j'ai dénudé mes bras et lui ai donné mes bracelets en or pour qu'il puisse faire le voyage. »

« Pour mes fiançailles, ma mère fit venir un orchestre de femmes, toute la maison fut remplie de matelas en laine, chacun avait prêté ce qu'il pouvait. »

« De la petite maison enfoncée dans un vieux quartier de Taza des relents de poulets aux olives, de viandes aux amandes, de gâteaux au miel, le santal et l'eau de fleur d'oranger répandaient leur odeur du paradis, tout cela invitait les curieux à venir partager notre bonheur et notre maison. »

Tu parlais, je t'écoutais, j'aurais tellement voulu être comme toi, accepter les choses telles qu'elles sont, tu n'as pas été très heureuse et un rien te fait sourire. J'ai honte de moi, à force de me révolter j'en arrive à ne plus savoir ce que je veux. Tu me racontes ta nuit de noces, simplement, parce que c'est comme cela et moi je me fâche, pourtant je ne trouve rien à répondre, tu me dis : « L'honneur c'est la pureté de la femme que pour cela, au moins, papa ne pouvait rien te reprocher, aucun homme ne veut d'une femme impure... et moi, je veux justement déchirer ce voile d'interdits, je veux connaître l'amour et une ombre me poursuit, me bloque, et je crois bien que toute ma vie sera tatouée, j'ai voulu rejeter mon histoire et voilà qu'elle me poursuit, me harcèle, me rit au visage et me laisse perdue. Un cavalier noir en turban hante mes rêves, il m'attend patiemment et je lui suis fidèle soumise et même heureuse de l'être, je ne le connais pas, je ne sais d'où il vient, tout ce que je sais, il est beau, mais je ne saurais décrire son visage, il habite mon corps et ma tête... »

— Tu vois, ya benti, je vis au passé, cela m'arrange, c'est mon histoire, je l'aime, je suis enfermée avec elle entre ces quatre murs moisis.

— Mère, tu crois que... si je reviens...

— Je ne sais pas, ma fille, ce que je peux te dire, rentre chez nous essaye de lui parler, respecte sa sévérité car il a été profondément blessé, son regard n'est plus fier. Ton oncle est venu hier, il ne lui a rien dit, il te portait très haut dans son cœur, tu es l'aînée, tu sais, je n'avais jamais entendu dire qu'un homme lançait des you-you à la naissance d'une fille... Eh bien, ton père l'a fait pour toi.

— Je comprends, mère, ce soir je dormirai à la maison.

Et ma mère sourit.

— Mère, je veux partir là-bas, père pourrait peut-être m'emmener ?

— Cela va t'étonner, mais je crois que ça lui fera plaisir, il croit que tu rejettes ce qui vient de là-bas, je vais lui parler.

— J'irai donc chercher mes affaires et prévenir mon amie que je ne reste plus chez elle.

Sa mère, contente, mais pas rassurée, la regarda

s'en aller. Pourquoi sa fille voulait-elle partir, elle ne comprenait plus...

La jeune fille sortit dans la grisaille qui lui parut moins humide, partir. Oui partir, elle n'aimait pas ce pays et pourtant, elle s'était attachée à ces murs tristes, les gens ici, eux, s'attachent bien à leur chien comme à un enfant, ils le gardent tellement longtemps qu'ils finissent par lui ressembler.

La solitude était lourde à porter aussi, elle se souvient d'une petite vieille qui vivait seule, personne ne venait la voir, elle se tenait derrière sa fenêtre et regardait les passants. Chaque fois que la jeune fille sortait, elle jetait un coup d'œil rapide vers la fenêtre, un sourire vous regardait curieusement : si elle lui répondait, alors l'autre se cachait aussitôt derrière les rideaux comme une enfant qui s'amuse.

Un jour que Zeida revenait des cours, elle vit que la porte de sa maison était recouverte de noir.

Elle avait pleuré en pensant à la vieille, sa grand-mère lui était apparue, toute blanche, et lui souriait. Elle se souvint ne pas avoir pleuré quand son père reçut le télégramme annonçant sa mort. L'été suivant sa tante lui avait raconté : « Elle est partie heureuse, je souhaite que chacun de nous puisse mourir comme elle, Allah l'a rappelé à lui près du puits sous le vieil olivier, elle venait juste de terminer sa prière de l'avant midi, elle but un verre de thé, elle regarda le ciel et s'endormit avec un goût de menthe dans la bouche. »

La voisine avait réveillé une douleur apaisée, elle pleurait pour les deux vieilles maintenant. Sa grand-mère est partie avec l'étoile du bonheur sur le front Zeida connaissait bien cette étoile.

Non, elle ne prendrait pas goût à la solitude, à l'incertitude, jamais, parce qu'elle savait qu'il y a des grisailles qui vous collent tellement au corps, qu'elles vous imprègnent et rendent aveugle à tout autre ciel !

II

Le chergui tapait dur sur les mains et le visage de Zeida, elle se regardait dans le puits, elle ne reconnaissait pas ce visage cuivré, ses cheveux étaient attachés par un foulard qui laissait apparaître çà et là des touffes brûlées par le soleil, ses yeux brillaient et un étrange sourire troublait l'eau. Elle aspirait l'air profondément, au loin des aboiements de chiens et puis le silence, ce silence qui vous parlait presque, tellement il était fort, elle n'avait jamais connu un calme pareil, une telle sérénité.

Finalement elle avait décidé de venir chez sa tante à la campagne, elle savait qu'il n'y avait pas d'eau courante, pas d'électricité, justes des radios à piles.

Sa tante l'avait accueillie à bras ouverts : La fille de son seul frère, quel honneur ! Elle lui avait dit en riant :

– Je n'ai pas de café ni des confitures, mais je peux te garantir que tu auras des œufs et du beurre frais tous les matins !

Son père était parti depuis longtemps, il avait eu l'air soulagé en la quittant, il était tranquille elle serait bien chez sa sœur, le temps qu'elle reprenne ses esprits, après on verrait !

Zeida pensait à ce qu'il avait dit, pas grand chose en vérité, elle avait su choisir ce qui lui plairait, ce qui lui rendait un peu de dignité, il avait simplement prononcé : « Bien, ma fille, c'est bien... ».

Ce n'était qu'une fuite, elle le savait, mais vivre autre chose et ailleurs, cela pouvait peut-être l'aider à échapper à toutes les contradictions dont elle souffrait.

Elle tirait la corde du puits avec beaucoup d'acharnement, la corde gémissait sous ses mains maladroites, sa tante lui avait conseillé : « laisse faire mes enfants, le puits ce n'est pas pour toi, tes mains n'ont pas l'habitude ».

« Non, non, répondit-elle avec entêtement, j'apprendrai, même si je dois y perdre mes doigts. » Elle regarda sa tante malicieusement et lui sauta au cou pour l'embrasser, elle sentait son odeur de vache et de lait caillé.

Zeida aimait aussi l'odeur du fumier qu'on brûlait.

— Laisse-moi, je sens mauvais !

Zeida l'enlaçait encore plus fort.

— Mauvais ! tu ne sais pas que ce parfum, personne ne pourra jamais le mettre en bouteille...

Toute la famille riait, Zeida amusait surtout avec sa maladresse et elle voulait tout faire, on posait des questions sur l'Europe :

— Pourquoi tu as laissé l'Europe, tu sais qu'il y en a qui ont vendu tout ce qu'ils avaient pour partir et toi tu viens t'ennuyer dans ce bled perdu.

— Je veux bien changer avec toi, disait Mustapha, tu verras au bout de deux autres mois tu en auras marre, de ce ciel toujours le même, de la difficulté d'essayer de vivre convenablement.

Zeida souriait, pour le moment elle était bien et elle ne quitterait pas cette tah ta ha (12) d'épines. Les jours passaient paisibles pareils à eux-mêmes, Zeida était seule, elle se levait à l'aube pour regarder les dernières étoiles qui finissaient de briller pour disparaître dans le néant,... une image hantait ses nuits, une femme — les yeux remplis de larmes lui tendait les bras, mais elle n'arrivait jamais à la joindre, derrière elle se tenait un homme, cet homme rappelait la femme chaque fois que leurs doigts allaient se toucher ! l'homme et la femme n'avaient pas de visages.

---

(12) Étendue — plaine.

Zeida arracha son foulard pour aérer sa tête ; elle courait pieds nus ; quand elle revint vers la maison, elle était en sueur, la fatigue l'empêchait de penser.

— Zeida ! s'exclama sa tante, je t'ai déjà dit de ne pas t'éloigner, si tu veux partir te promener demande à l'un de nous de t'accompagner.

— Les chiens ? ... ah ! oui... amti il ne faut pas avoir peur, ce n'est rien.

— Fais attention quand même, tu as eu de la chance : en général, ils sentent très vite les étrangers.

Zeida regarda sa tante bizarrement, étranger, qui est étranger ? c'est mon village ici, elle était triste maintenant.

— Viens manger.

— Je n'ai pas faim.

— Qu'est-ce que tu as, eh ! oui c'est normal, fit-elle en roulant la tête, tu en as déjà assez d'être avec nous, il n'y a pas deux mois que ton père est parti.

Zeida se reprit :

— Mais non, je suis très bien, je préfère rester sous l'olivier près du puits.

— Bien ma fille, fais comme tu voudras, tu sais mieux que moi ce qui te convient, je te mettrai ton repas au chaud.

Zeida se dirigea vers l'arbre, elle sentait l'herbe haute qui lui caressait les jambes, le chergui soufflait fort en cette période de l'année et le soleil chauffait tellement que cela vous donnait la migraine.

Elle finit par s'endormir, une voix l'appela : « Zeida... Zeida... tu m'entends, je suis ta grand-mère, il y a déjà trois ans qu'Allah m'a emportée, je me reposais sous ce même olivier, j'étais heureuse, ... mais toi, tu n'es pas heureuse, Zeida je suis ta grand-mère... un homme noir en turban blanc m'apparut, il m'appela... il me tendait un linceul et me souriait, c'est alors que tout s'est arrêté autour de moi..., j'ai senti une force me soulever puis rien...

rien, peut-être le vide ; quand je t'ai vue te coucher de la même façon que moi, la joie m'est revenue et je viens apaiser ton âme, ne dis rien... n'aie pas peur : quand tu te réveilleras, tu ne te souviendras de rien, tu ne m'a pas beaucoup pleuré quand tu as appris ma mort, je te pardonne, je sais que pour toi ce n'est pas facile, mais ne crois pas que venir ici va beaucoup t'aider, il faut être courageuse et fière, Allah fera le reste, l'olivier ne fleurit que si la sagia coule près de sa racine. Réfléchis ya Zeida, ya bent ouldi (13), les jours sont longs ici, ils vont semer encore plus de doutes en toi, n'essaye pas d'échapper à ton destin, les nuits vont t'envelopper de rêves et bientôt tu seras comme la vieille Rahma qui est devenue folle parce qu'elle attendait que le sel fleurisse. Ne te berce pas des chants de l'haidouss (14), ne te saoule pas de l'odeur de menthe, ya Zeida ! sache que la déception ici, est plus dure que partout ailleurs, Allah fasse que tu réussisses à échapper à ton rêve... ».

Elle se réveilla agitée, très agitée :

— Non, non... amti, elle criait de toutes ses forces.

Sa tante arriva tremblante :

— Zeida, Zeida, Allah naâl chetaân (15), c'est un mauvais rêve, Zeida se réveilla et pleura longtemps, elle n'était pas effrayée mais angoissée, elle se blottit contre sa tante et resta auprès d'elle toute la journée.

Ce fut vite oublié, Zeida reprit son enthousiasme, elle aida sa tante à faire le pain, près de la grange l'hamra (16) mangeait paisiblement. Elle se demandait comment une vache qui paraissait si maigre pouvait donner du lait et du beurre. Puis ils prirent le thé brûlant tous ensemble dans le patio, le mari de sa tante

---

(13) Fille de mon fils.
(14) Danse traditionnelle.
(15) Qu'Allah chasse le diable.
(16) La vache rouge.

qu'elle appelait ami (17), racontait des histoires du Rassoul, de Sidna Noh (18), et des légendes sur le douar.

Zeida pour passer le temps, tirait de l'eau du puits et s'amusait à nettoyer la grande pièce réservée aux invitées, sa tante lui avait dit que pour recouvrir le sol de mosaïques, elle avait dû vendre plusieurs couvertures en laine.

Un jour elle vit arriver un curieux marchand, il était sur un petit âne gris, qui avait une grosse croute sur l'échine ; de chaque côté il y avait des coufins si gros qu'on ne savait plus si c'était l'âne qui les portait ou le contraire. C'était vraiment un étrange chargement : toutes sortes d'objets, des casseroles, beaucoup d'ustensiles en mica, des tasses en porcelaine, des assiettes à fleur, du parfum espagnol, des savonnettes, toute cette charge hétéroclite s'entrechoquait en cliquetant joyeusement. Aussitôt sa tante sortit, entendant ce bruit qu'elle devait sûrement bien connaître.

Le bonhomme resta assis sur l'âne à attendre tranquillement, il déplaçait son chech (19) pour se gratter la tête, apparemment, il avait son temps.

– Que la journée te soit bonne, qu'est-ce que tu as de nouveau à me montrer et pas trop cher ?

– Tout ce que tu veux, ya lala, tes désirs se trouvent dans ces coufins.

– Oui, oui dit-elle en roulant la tête, tu arrives toujours à me faire acheter ce dont je n'ai pas besoin.

– Mais non, ya lala, dit-il en regardant le ciel, j'ai des petites assiettes très jolies, qui viennent directement de France, de très jolies assiettes de France, répéta-t-il plusieurs fois : pour ce qui est de l'flouss (20), tu me paieras la prochaine fois, quand tu auras vendu quelques dindes.

---

(17) Oncle.
(18) Noé.
(19) Chech : sorte de turban.
(20) L'argent.

– Tu es un beau parleur mais je te dois déjà beaucoup d'argent !

– Mais non, il ne faut pas t'en faire, et puis c'est comme tu veux.

Il prit un air malin et il dit d'une voie aiguë : « En tout cas, Fetena, ta voisine, m'a pris six assiettes de France. »

– Avec quoi t'a-t-elle payé, son mari est radin, il ne lui donne jamais un franc.

– En tout cas elle m'a payé.

– Bon, ça va, donne trois assiettes et quelques savonnettes. Toujours assis sur son âne, il décrocha le sac avec un bâton à bout pointu et il en sortit trois assiettes poussiéreuses, qu'il essuya avec le pan de sa chemise, il prit les savonnettes dans un petit coufin.

– Tiens voilà une partie de l'argent, le reste tu l'auras la prochaine fois et essaye de me garder trois autres assiettes hein !

– Ah ! tu es compliquée, si toutes les femmes étaient comme toi, je n'aurais plus qu'à aller moi aussi sous un olivier et attendre que le soleil se couche !

– Ne fais pas le fier, estime-toi heureux d'avoir des clients.

– Chérifa je te salue, ma route est encore longue et cet âne avance en comptant les pierres !

– Que Dieu t'aide !

Il repartit en labourant l'échine de la pauvre bête.

– Ah ! cha, ah râ ! (21)

Zeida regarda partir le petit âne avec ce chargement cent fois plus grand que lui, tous les ânes du pays étaient voués à l'esclavage, elle se rappelait que son oncle lui avait dit que les ânes étaient destinés à souffrir chez les Arabes, mais qu'en fait ils étaient aussi

---

(21) Expression utilisée pour faire avancer les ânes.

très heureux, elle se demandait comment on pouvait être heureux de porter de telles charges, leurs yeux si grands et pleins de larmes l'attendrissaient. Souvent elle caressait l'âne aveugle de sa tante, il ne voyait rien mais il pouvait aller et revenir du village sans se perdre, sa tante lui disait toujours de ne pas le choyer : ils n'ont pas l'habitude des cajoleries ici !

– Regarde Zeida, elles sont jolies mes assiettes de France, elle ne comprenait pas mais si cela pouvait faire plaisir à sa tante, elle était contente aussi !

– Amti, ... je voudrais te demander quelque chose.

– Qu'est-ce que tu veux, fille de mon frère.

– Amti, je voudrais monter sur la mule.

– Mais Zeida, c'est une vieille mule têtue, je ne veux pas qu'il t'arrive malheur.

– Juste un peu, Mustapha m'aidera à la monter.

– Bon ça va, mais il ne faut pas quitter le petit chemin.

D'un cri elle appela Mustapha.

– Waâ ! Mustapha, viens pour emmener la fille de ton oncle sur la mule.

Mustapha attela la mule avec une vieille selle qui ressemblait à du cuir rembouré de laine, il aida Zeida à monter, elle eut beaucoup de peine à se maintenir correctement.

La tante était inquiète.

– Ya Mustapha, fais attention à la fille de ton oncle, qu'il ne lui arrive rien, tu es responsable d'elle, Ils partirent, Mustapha tenait la mule par la bride.

Mustapha était un garçon très simple. Il avait laissé tomber ses cours pour aider ses parents à la ferme, il avait dit franchement qu'il n'était pas fait pour se casser la tête, il savait lire et écrire, cela suffisait largement.

Il souriait tout le temps et disait que s'il avait la

chance de pouvoir s'installer en Europe il ne reviendrait plus dans ce pays de mouches.

Zeida préférait ne pas écouter ce qu'il racontait parce que cela lui plaisait de vivre dans son rêve, elle ne voulait rien briser, rien déchirer.

– Dis Mustapha, je ne peux pas aller plus vite ?

– Non ! fit-il, il vaut mieux ne pas énerver cette idiote, tu risques de te retrouver par terre, surtout qu'elle n'a pas l'habitude d'être montée par une femme.

Zeida était contente, jamais elle n'était montée sur quoi que ce soit qui ressemblait à un cheval, alors que ce soit une mule, un âne ou le diable elle s'en foutait, elle était fière de pouvoir monter sur cette bête et de dominer ce paysage sauvage.

Elle se rappelait que là-bas, elle voulait faire de l'équitation, c'était un des sports qui faisait partie des activités que l'école offrait.

Seulement, cela coûtait très cher, ce n'était pas réservé aux enfants des travailleurs étrangers.

Elle n'aurait jamais osé demander à son père de lui acheter un équipement d'équitation, il avait déjà assez de bouches à nourrir sans s'occuper des petites envies de sa fille. Autour d'elle un paysage brut s'offrait : des pierres de toutes les tailles tapissaient cette immensité, des oliviers dansaient paisiblement sous un soleil de plomb, elle remplissait ses poumons de cet air parfumé de bois brûlé, et partout le silence, un silence tel qu'elle avait toujours l'impression que son cerveau était mis à nu.

Être ici était presque une revanche, les quartiers gris, humides, y en avait marre ! c'est vrai que la misère ici était partout présente, mais ce n'était pas la même, d'ailleurs elle ne s'attardait pas trop à la détailler, elle se sentait lâche et égoïste, non ! disait-elle assez ! je veux vivre dans mon pays, c'est tout ce que je demande.

Elle regardait les gens, les paysans, parfois ils étaient assis sous un arbre à prendre le thé brûlant et manger la harcha (22), dégoulinante d'huile et quand ils avaient fini, ils se passaient les mains sur le visage pour mieux s'en imprégner : elle voulait aussi s'imprégner de cette vie simple, mais si près des hommes qu'on touchait presque les sentiments du bout des doigts.

Alors elle souriait comme eux, de ce sourire où souvent les yeux disent la vérité, car une lueur de tristesse et d'espoir se trouvaient en permanence offerts à ceux qui ne parlent que par leur regard.

Ils ne possédaient pas grand chose mais ils vous auraient tout donné. Chez sa tante, elle avait pu constater que même eux qui étaient des fellah plus privilégiés, puisqu'ils avaient leur maison, une vache et de la terre, s'endettaient pour pouvoir semer, récolter, comptant sur la pluie pour qu'elle fasse le reste. Malgré cela ils avaient juste de quoi manger et chaque année c'était la même chose mais ils acceptaient, car la terre c'était leur enfant, ils ne l'auraient pas abandonnée.

Cela faisait près de vingt ans qu'il ne pleuvait plus beaucoup dans cette région du sud. « Pourtant, disait son oncle, on a connu l'opulence, le grain était gros comme le pouce, nous vivions en nomades à l'époque, c'était dur, l'hiver nous avions froid, l'été trop chaud, mais la terre était généreuse, puis nous sommes venus habiter le village pour ne plus subir les caprices du temps. Nous nous rendons à dos de mulets ou en taxis pour aller semer les terres, alors sûrement que ce trab (23) doit se sentir abandonné et il se venge et ne nous donne plus rien, rien » faisait-il de la tête, tristement.

---

(22) Harcha : pâte de semoule cuite arrosée d'huile ou de beurre.
(23) Trab : terre.

— Mustapha, pourquoi dis-tu que si tu pouvais partir en Europe, tu ne resterais plus ici ?

— C'est ma mère qui ne veut pas, mon frère est parti il y a dix ans, il devait rester quatre ans pour étudier et voilà il ne nous donne même plus de ses nouvelles et quand il écrit c'est pour demander de l'argent.

« Alors ma mère ne veut plus que personne s'en aille, pourtant beaucoup de jeunes dans le village sont partis là-bas, certains pour étudier, d'autres sous contrat. Souvent personne n'entend plus parler d'eux. »

— Tu sais tu ne perds rien, tu peux me croire, il n'y a pas beaucoup de soleil et les gens ne nous aiment pas beaucoup.

— Pourquoi ? il y a beaucoup d'Européens ici, tout le monde est gentil avec eux !

Oui, même un peu trop, dit-elle en souriant, vous leur donnez trop d'importance, mais ils sont profs, médecins, etc. et les pauvres bougres qui travaillent là-bas ne sont que des ouvriers et même pire et personne ne les estime.

— Eh ! oui qu'est-ce que tu veux qu'on fasse, on ne peut être que des ouvriers chez les roumis.

Il trouvait cela normal, son destin, sa vie, c'est comme cela disait-il à Zeida, il espérait qu'avec un peu de chance, sa vie changerait... Mais pour le moment eh bien ! il devait attendre.

Ils avançaient lentement, la mule avait tout son temps ; quand il ne répondait pas aux questions de Zeida, Mustapha marchait la tête basse sans rien regarder, il connaissait le chemin par cœur, ses pieds étaient meurtris par les pierres.

Les oliviers vacillaient un peu plus fort car un vent léger passait, on ne savait pas d'où il venait, les petites feuilles des arbres bruissaient comme des paillettes argentées. Quand ils passaient devant une habitation, des chiens se mettaient à aboyer férocement et aussitôt une femme habillée de couleurs vives sortait, elle regardait Zeida, elle mettait une main sur son front pour se protéger du soleil. La jeune fille était surprise par les couleurs de vêtements se détachant sur ce paysage si uni dans son ensemble, brun et bleu avec une boule de feu qui vous brûlait férocement le crâne ; ils continuaient leur chemin, Mustapha lui disait de ne pas faire attention aux gens, ils ne voyaient pas beaucoup d'étrangers en cette saison, alors ils étaient curieux.

Un peu plus loin une silhouette se dessinait, Zeida n'avait pas fait attention, mais Mustapha, lui, semblait connaître cette personne.

– Attends-moi ici, c'est un copain à moi.

Mustapha laissa Zeida et courut vers l'ami, ils se donnèrent une longue poignée de mains et restèrent ainsi main dans la main à discuter, Zeida s'étonna un peu de cette attitude, nouvelle pour elle, elle pensait que seul un homme et une femme pouvaient exprimer autant de plaisir à rester ainsi.

Elle aperçut le jeune homme qui la regarda pendant un court instant puis se retourna. « Il a sûrement dû lui dire qui j'étais » pensa-t-elle.

Ici on ne se présentait pas, on se tatait des yeux, on se sentait, on s'aimait ou on ne s'aimait pas.

Mustapha donna une tape sur le dos de son ami et revint vers Zeida. Le garçon passa devant eux, il jeta un regard discret à la jeune fille, elle crut apercevoir un mince sourire se dessiner sur ses lèvres mais elle n'eut pas le temps de le savoir car aussitôt il baissa la tête et partit.

Il était beau, avec des yeux verts.

– C'est mon copain, dit Mustapha simplement, viens on rentre, la mère va s'inquiéter.

Ils rebroussèrent chemin, la mule ne bronchait pas.

Sa tante attendait devant la porte, quand elle les vit arriver, elle leva les mains au ciel.

Zeida ne lui donna pas le temps de dire quoi que ce soit, et lui sauta au cou.

— Attention, tu vas me faire tomber dit-elle en riant, allez entre, je t'ai préparé des crêpes avec du beurre frais et du miel, ce n'est pas tous les jours qu'il y en a.

— Oui amti, je vais d'abord faire ma toilette.

Elle courut au puits, se lava le visage et les pieds puis se rendit très vite dans la cuisine. Elle avait faim, et ces crêpes qu'ils appellent bghrir, elle en raffolait : quand elle franchit le seuil du patio, une bonne odeur de pâte cuite au feu de bois l'envahit, des femmes étaient accroupies sur les talons, leurs petits verres de thé à la main et de temps en temps elles plongeaient leurs doigts dans les crêpes dégoulinantes de beurre et de miel.

Dès qu'elles aperçurent Zeida, elles s'empressèrent de lui donner des peaux de mouton pour qu'elle puisse s'asseoir confortablement. La tante avait mis sa part au chaud.

Cela ennuyait un peu Zeida d'être l'objet de tant d'attentions, qui voulaient dire qu'elle n'était pas encore considérée comme des leurs, elle ne voulait pas de toute cette gentillesse qui la comblait, mais venaient confirmer qu'elle était de passage.

Alors elle essaya de se faire la plus petite possible pour ne pas troubler leur conversation, pendant un moment les femmes visiblement gênées ne dirent rien, mais l'une d'entre elles qui paraissait très bavarde s'adressa à une autre :

— Et alors qu'est-ce qu'il a fait ould Kaddour (24) pour Aïcha, il l'emmène ou pas en Europe ?

---

(24) Ould Kaddour : le fils de Kaddour.

– Mais non, elle me fait pitié, une si jeune femme, cela fait déjà deux ans qu'elle attend, je crois qu'elle va attendre longtemps, il paraît qu'il vit avec une roumia là-bas, c'est ould l'haj Amer qui en revient et il le lui a dit, depuis elle n'arrête pas de pleurer.
– Eh ! c'est qu'elles savent s'y prendre avec nos hommes, ces kafrat (25) de blondes.
– Elle est bien folle, dit amti, si c'était moi il y a longtemps que je n'espérerais plus rien.
Mahjouba reprit :
– Je ne les comprends pas ces hommes de l'kharij (26), ils viennent tout fier ici, ils épousent nos jeunes filles, ils dépensent beaucoup d'argent et pour finir les laissent comme des veuves.
– Qu'est-ce que tu veux c'est la folie qui les habite, ils ont trop d'argent et d'abord s'ils avaient un cerveau ils ne joueraient pas avec les filles des braves gens.
– Eh, fit une autre, voilà ce que l'Europe nous apporte, même celles qui sont parties ne sont pas très heureuses paraît-il ?
– Ah ! tais-toi Kenza tu as une trop longue langue, si tu pouvais tu ne resterais pas une minute de plus ici.
Toutes les femmes éclatèrent de rire. Zeida souriait, c'était chaque fois la même chose, elles se réunissaient pour parler de flana bent flan, de l'Europe, des mariages, des divorces et leurs journées passaient en bavardages et dehors toujours le même ciel, le même silence.

– Bonjour...
– Heu... bonjour, je suis venu voir Mustapha, il m'a demandé de passer, est-ce qu'il est là ?
– Zeida savait très bien que Mustapha était sorti,

---

(25) Irreligieuses.
(26) L'Europe.

mais elle entra demander à sa tante, afin d'avoir le plaisir de revoir « yeux verts ».

— Amti ! cria-t-elle, il y a un ami pour Mustapha.
— Qui est-ce ?
— Je ne sais pas, dit-elle d'un air innocent.

La tante sortit.

— Mais c'est le fils de Hlima bent Moh, j'ai envoyé Mustapha au village, il ne va pas tarder à revenir, entre, mon garçon.
— Non merci, s'il vient dis-lui que je suis près de Jenan l'awer (27).
— Comme tu veux mon fils.

Il sourit et partit. Pendant tout ce temps, Zeida avait fixé « yeux verts », elle insistait tellement qu'il gardait la tête baissée pour ne pas la voir.

Zeida resta rêveuse. « Comme c'est difficile de parler à un garçon ici, quand je pense à mes soirées au dancing ». Au premier slow un garçon venait l'inviter, évidemment tout cela n'était pas bien sérieux, mais elle s'amusait et puis elle aimait qu'un homme la serre dans ses bras, elle se sentait protégée, écoutait la musique lente et douce qui berçait les couples. Mais elle se souvenait que le garçon rencontré la veille disparaissait à tout jamais, les illusions aussi s'évaporaient, elle espérait toujours voir l'oiseau rare et tout ce qu'elle récoltait c'était les reproches de son père quand elle rentrait tard le soir : elle avait épuisé les excuses, conférences, anniversaires d'amies, cours du soir, mais son père ne la croyait pas et elle, ne croyait plus en rien, sortir était devenu sa drogue, finalement le feu d'artifice avait fini par éclater, elle vacillait dans le gouffre du doute, des contradictions, de ce qu'elle pouvait ou ne pouvait pas faire, elle avait tout abandonné, école, même l'espoir de s'en sortir un jour.

---

(27) Le verger de l'aveugle.

- Amti, amti, cria-t-elle, je sors me promener.
- Vas-y mais fais attention aux chiens !

Zeida sortit en courant, pourquoi courait-elle toujours comme une folle, où allait-elle ? depuis le temps qu'elle était ici, elle avait l'impression d'être au même point, comme si elle n'était jamais partie, eh ! bien, où pouvait se cacher « yeux verts », Jenan l'awer, c'est ici pensa-t-elle, il lui plaisait, il fallait qu'elle le trouve, elle se sentait trop seule, elle marcha puis se ravisa :

- Cela ne se fait pas de chercher un homme, surtout dans un bled comme celui-ci, et puis qu'est-ce qu'elle allait lui dire, quelqu'un pouvait la voir et aller tout raconter à sa tante, les gens étaient bavards ici surtout derrière un verre de thé. « Oh, et puis je ne fais rien de mal ! ce n'est pas de sa faute si un ami de Mustapha se trouve sur mon chemin, la moindre des politesses c'est de dire bonjour.
- Tant pis je verrai bien ! »

Elle releva la tête et eut un soubresaut, elle apercevait une longue silhouette, s'approcha doucement, elle était émue, regrettait presque d'être venue. « C'est malin, de quoi j'ai l'air maintenant, que va-t-il penser. »

Le jeune homme se retourna brusquement.
- ... C'est moi, je m'ennuyais, alors je suis sortie prendre l'air, ... Mustapha n'est toujours pas là.
- Ah ! ce n'est rien, j'ai tout mon temps.

Zeida regarda le ciel et se trouva ridicule, heu... je peux rester avec toi ?

Il avait été pris de court, il rougit.
- Oui
- Tu sais si je t'ennuie, il faut me le dire.
- Non, non, il ne faut pas dire cela tu sais, je n'ai pas l'habitude qu'une fille me demande cela, surtout au village.
- Oui ! évidemment, mais tu sais je me sens vraiment isolée ici.

Il la regarda, étonné.

— Pourquoi tu ne repars pas en Europe, tu as de la chance de vivre là-bas.

— C'est ce que tu crois, c'est ce qu'on croit, mais moi je ne veux plus retourner là-bas, c'est mon droit !

— Pourquoi, il paraît que tout le monde gagne bien sa vie, ceux qui ne travaillent pas font des études, tu sais chez nous, si tu es pauvre personne ne te donne de l'importance.

— Pourquoi tu dis cela Watani, tout le monde se connaît bien, regarde ma tante, à l'heure du repas toutes les vieilles qui sont pauvres viennent et elle partage le pain en dix. Tu sais, là-bas, la pitié n'existe pas, il faut travailler et encore travailler et donner le meilleur de soi, mon père a plein de rhumatismes à cause de son travail.

Il l'avait observée pendant tout le temps qu'elle lui parlait, il avait été heureux quand, tout simplement, elle avait prononcé son nom, quelle fille !

Il reprit aussitôt !

— N'empêche que tu te fais des illusions, ici c'est la campagne, mais tu serais dans une grande ville, ce ne serait pas très différent de ce que tu me racontes, peut-être même pire : dans les villes, les enfants sont obligés de voler pour manger et parfois ils font certaines choses que je préfère ne pas te dire.

Ils se turent et ce silence les intimida.

— Ton nom c'est bien Zeida ?

— Oui, fit-elle, et toi que fais-tu ici, tu ne m'as encore rien dit à ton sujet.

— Oh ! tu sais ce n'est pas terrible ce que je fais, je devais commencer des études supérieures, mais je crois que je vais me contenter du bac, j'ai déjà écrit pour un examen afin de pouvoir enseigner, comme cela je pourrai gagner un peu d'argent, mes parents sont trop pauvres, ma mère a vendu tout ce qu'elle avait pour que je puisse continuer mes études, alors je voudrais les aider un peu, surtout qu'ils ne sont plus très jeunes.

— Ah ! bon fit-elle sérieusement.

— Je ne vois pas ce que je pourrais faire d'autre.

— Heu... je crois que je devrais rentrer à la maison, ma tante va s'inquiéter, elle a toujours peur que je me fasse mordre par les chiens, mais tu sais on peut se revoir, si tu veux... bien sûr.

— Oui, cela me ferait plaisir, mais... ici ce serait mal vu, le village est très petit, les familles se connaissent bien, et il n'y a pas beaucoup d'endroits où l'on pourrait se voir tranquillement à l'abri des curieux, d'ailleurs je suis sûr que depuis que l'on est ici, un berger ou une vipère nous auront déjà surveillés.

— Mais il n'y a personne !

— Les gens te voient, tu saurais pas dire où ils sont.

— Il n'y a pas de mal à parler et puis je suis une étrangère, fit-elle en riant, qu'est-ce que cela peut leur faire.

— Raison de plus, lui dit-il, évidemment toi tu ramènes tes idées à l'Européenne, tu es franche, mais ici quand un garçon parle à une fille cela veut dire qu'il veut se marier ou alors il est avec une fille pas très sérieuse !

Zeida souffla et préféra observer les oliviers, elle était déçue. Quand il la vit, il s'en voulut :

— Écoute, on peut se rencontrer chez ta tante, elle m'aime bien et puis je suis l'ami de Mustapha !

— ... Oui, ce serait bien, quoiqu'il ne faut pas te sentir obligé.

Watani éclata de rire, il avait un beau rire sain.

Zeida le regarda, étonnée, elle ne savait plus quoi penser, mais le voir rire comme ça lui faisait plaisir.

— Ce que tu es drôle.

Il s'arrêta et la fixa, quelque chose en plus s'ajouta dans le vert de ses yeux.

Zeida frissonna et détourna la tête, elle se leva.

— Bien, peut-être à tout à l'heure, Mustapha ne va pas tarder à arriver, tu viens passer la soirée à la maison.

— Oui je vais venir, mais...

— Au revoir à ce soir, et elle disparut parmi les oliviers.

Elle courut, elle était contente, la présence d'un homme lui manquait dans cet univers.

Elle trouva sa tante en train de préparer la soupe.

— J'aime bien ta soupe, amti, fit Zeida en riant, tu devrais en faire tous les jours.

Celle-ci était accroupie, les jambes écartées, elle remuait doucement la soupe dans la marmite, une bonne odeur d'herbes aromatiques s'en dégageait ; tout en continuant à remuer elle dit à Zeida :

— Tu es bien gaie aujourd'hui, tu as reçu une lettre de tes parents ?

— Non, mais il fait si beau, tu sais amti, je suis bien avec vous !

— Eh ! bien moi qui croyais que bientôt tu allais nous supplier qu'on te renvoie chez tes parents.

Pour toute réponse elle prit sa tante et l'embrassa très fort.

— Ah ! tu sais comment t'y prendre, ton mari en aura de la chance, enjoleuse !

Zeida rougit un peu, sa tante prit un bol en terre et y versa la soupe brûlante.

— Tiens ma fille ! remplis-toi le ventre, cela ne peut te faire que du bien, l'heure du souper est encore loin. Ton oncle ne revient des champs que très tard dans la soirée.

Zeida prit le bol et le savoura, elle pensait à Watani. « Ce soir, il sera là » et quand tout le monde sera autour de la lampe à pétrole, elle pourra l'observer à son aise, personne ne se doutera que ce garçon était pour une grande part dans sa joie : elle était seule avec son cœur et personne ne savait ce qui se passait dans sa tête, ce grand garçon aux yeux verts elle le désirait envers et contre tous, elle ne se rendait pas compte des illusions qu'elle se fabriquait, elle voulait sentir la menthe fraîche sur ce corps mince mais elle oubliait que cette aventure pouvait lui réserver bien des surprises, elle préférait penser que c'est le destin qui s'occupe de nous. La nuit elle interrogeait le ciel tapissé d'étoiles, elle espérait lire un nom, une vérité qui pouvait justifier ses espoirs, mais chaque fois elle rentrait se coucher parce qu'elle était glacée et dans sa tête rien que le vide du ciel.

Beaucoup de va-et-vient dans le patio, il fallait préparer le souper, tout allait très vite, la tante profitait des derniers rayons de soleil, les lampes à pétroles n'éclairaient pas très bien. Quand l'oncle arriva, on servit le repas, Watani était là aussi et Zeida ne savait pas comment cacher sa joie, alors elle s'affaira à débarrasser la table, elle voulut même préparer le thé, tout le monde rit de sa bonne volonté. Après le souper, le vieil oncle racontait toujours les mêmes histoires, mais à chaque fois, il ajoutait un élément et elles prenaient une autre tournure et chaque fois on l'écoutait avec le même intérêt.

La tante avait placé le brasero au milieu, comme cela on pouvait ébouillanter le thé.

La nuit enveloppa tout le monde, les étoiles étaient si proches, on aurait dit des yeux qui vous regardaient avec curiosité. Zeida était heureuse, chaque instant était une figue mûre qui éclatait de fraîcheur, elle aurait voulu que le temps s'arrête là, sur ce petit groupe qu'elle aimait et que l'histoire fige cette image à tout jamais dans un livre de contes.

Mais non le temps passait, il fallait vivre et aider le destin, Watani ne disait rien, elle essayait de rencontrer son regard mais en vain, il fixait le charbon de bois qui était rouge maintenant de temps en temps, un insecte

venait griller bêtement surpris dans sa course aveugle !
Sa tante bâillait, elle décida d'aller se coucher, elle
réveilla le vieil oncle qui s'était endormi. Mustapha se
procura une couverture et s'endormit à même le sol,
bientôt toute la maison se couvrit d'un silence, seuls les
criquets chantaient monotonement, Zeida et Watani
restèrent assis sans rien dire de peur de briser ce silence
ou de réveiller quelqu'un. Il grillait sa « favorite » (1).

— Tout le monde dort, dit Zeida dans un souffle, je n'ai pas sommeil.

Watani releva la tête :

— Moi non plus, je crois qu'il vaut mieux que je rentre, ce n'est pas convenable de rester comme cela.

Je vais t'accompagner.

— Il fait noir, tu ne pourras rien voir.

— Mais c'est la pleine lune !

Watani eut un sourire :

— Si tu veux on peut sortir, mais couvre-toi bien bien, les nuits sont très froides, ici.

Zeida courut chercher un pull, Watani était déjà dehors.

— Viens dit-il, on va aller derrière la maison, il n'y a personne par là, que des oliviers !

Zeida le suivit en silence, elle n'osait pas trop y croire. Elle accompagnait un homme aux yeux verts en pleine nuit, Zeida avait froid malgré le pull.

Ils s'assirent parmi les hautes herbes, Zeida n'osait plus le regarder, elle sentait ses yeux peser sur elle.

— Eh ! bien lui dit-il, ça va tu n'as pas peur au moins ?

— Non, quand même pas, sinon je ne serais pas ici.

— Oui bien sûr, mais tu es quand même une drôle de fille c'est la première fois que je rencontre quelqu'un comme toi.

---

(1) Cigarette marocaine bon marché.

— Ah ! fit-elle, tu as connu beaucoup de filles ?
— Pas tellement, dit-il en rougissant, mais je veux dire par là que toi, tu es directe et je dois m'habituer.
— Tu sais, Watani tout ce que je veux c'est un ami, je me sens vraiment trop seule.
— Tu crois que l'amitié entre hommes et femmes c'est possible, moi je ne connais pas d'homme qui ait une amie femme, surtout dans ce pays où les femmes et les hommes vivent chacun de leur coté.
— Alors qu'est-ce que tu dois penser de moi ?
— Oh rien de méchant, mais tu n'es ni européenne ni arabe, tu sais des Européennes j'en connais ici, je te trouve bizarre parce que dans le fond tu es très pure.

Zeida le fixait, étonnée de l'entendre parler comme cela, elle croyait qu'il ne pensait pas grand chose.

— Pourquoi dis-tu que je suis pure, je n'aime pas ce mot.

Il tira une longue bouffée de cigarette :

— Eh bien, je trouve que tu as l'air d'une petite fille.
— Moi, je ne me sens pas du tout une petite fille, si tu savais tous ce que j'ai déjà vécu, tu ne dirais pas cela.

Il ne savait pas, ne pouvait savoir ce qui l'habitait, tout ce doute, la petite fille était loin, très loin, quelque part dans les vieilles rues de Fès, ne faisait plus partie d'elle.

Zeida ne savait plus très bien : Watani pouvait être une réponse, mais il parlait si sévèrement sur la vie ici, cela ne la rassurait pas qu'il soit défaitiste, alors qu'elle voulait s'accrocher à quelqu'un ou quelque chose, avait envie de faire tout ce qui était en son pouvoir pour qu'ils puissent être ensemble.

— Pardonne-moi Zeida, je suis peut-être un peu brusque, quand je dis les choses mais tu sais si tu connaissais mieux la vie chez nous, je suis sûr que tu serais beaucoup plus sévère que moi... Dès que je t'ai vu tu m'as plu, alors je préfère être honnête avec toi, parce que de toute façon je ne pense pas que tu aimes le mensonge ! combien de temps vas-tu encore rester ici, les gens ne sont pas tendres et leurs bavardages encore moins...

— Watani, ne me dis plus rien des gens ! je t'en prie, d'ailleurs ça m'est égal.

Watani se tut, ses yeux brillaient comme les étoiles du ciel.

— Zeida, je crois que je ne pourrais jamais te comprendre tout à fait, tu me bouscules un peu, mais je veux apprendre à te connaître ! car... tu me plais !

Zeida resta interloquée, elle était folle de joie, comme il avait dit, tu me plais, si gentiment : elle se serait jetée à son cou mais elle se retint.

— Watani, je suis contente de ce que tu dis, parce que cela prouve que tu ne vas pas mettre longtemps à me connaître.

— Pourquoi ?

— Eh bien ! parce que c'est la première fois que je rencontre un garçon dans mon pays, je suis heureuse, je ne savais pas que ce serait si chouette !

— Tu as connu des hommes là-bas, fit-il en fronçant un peu les sourcils ?

— Oh ! tu sais, pas vraiment, j'avais des camarades, de temps en temps j'avais un ami, mais tu sais cela n'allait jamais très loin...

Et puis j'ai un peu peur des hommes.

— On ne dirait pas à t'entendre parler, répondit-il sur un ton ironique.

Zeida riait et elle lui dit qu'il ne pouvait pas comprendre. Il n'insista plus, ils restèrent longtemps assis côte à côte à parler de choses et d'autres.

Elle découvrit ses goûts de lecture, il aimait Rousseau, il avait lu les pensées de Pascal, il lui avait même dit qu'une des citations qu'il préférait, c'était :

« L'homme n'est ni ange ni bête, mais le malheur veut que quand il fait l'ange il fait souvent la bête ». Il lui disait que c'était très significatif que les hommes ne sont pas toujours ce qu'on croit.

Zeida, elle, s'attendait plutôt à ce qu'il lui parle d'auteurs du pays. Il lui avait demandé si elle savait lire et écrire l'arabe, et la réponse négative avait paru le surprendre.

Au loin une ceinture orange entourait l'horizon, le sol était humide maintenant, les oiseaux entonnaient leur chip-chip matinal.

— Mon dieu ! dit Zeida, il doit être tard.
— Tu sais il n'est que trois heures, mais à quatre heures le soleil se lève.
— Je vais rentrer, le vieil oncle va faire sa prière du matin, il se lave toujours près du puits, je n'ai pas envie de le rencontrer.

Zeida se leva pour partir, Watani la retint par la main, elle se retourna et vivement l'embrassa sur la joue presque en effleurant ses lèvres et elle s'enfuit. Il resta un moment sans bouger, alluma une cigarette, puis partit à pas lents.

Zeida rentra en courant, quand elle arriva devant la porte, elle resta immobile, elle ne respira plus, — pourvu que tout le monde dorme encore, ce n'est pas le moment de rencontrer quelqu'un ! Elle poussa la porte et la referma en tirant le verrou le plus doucement possible.

Elle se jeta sur le matelas, tira la couverture sur sa tête.

— Dormir, dormir et encore dormir pour rêver, pour aimer le rêve, Watani tu me plais ! ta peau sent la menthe, je l'ai sentie quand mes lèvres ont effleuré ta joue, tout m'est bien égal du moment que je vis une belle histoire, que je goûte l'instant, je sais que je peux encore croire, échapper à mon cavalier noir. Puis, elle garda le silence, car elle voulait respirer, elle jeta la couverture sur le côté, elle avait trop chaud, elle reprit son souffle.

— Je n'aurais peut-être pas dû l'embrasser.

Elle se rendit compte que depuis son arrivée, elle ne connaissait aucune jeune femme, c'est vrai qu'elle n'avait pas beaucoup bougé de la ferme, elle avait peur de sortir de ce paysage sauvage qui ne se souciait pas d'elle, le village elle n'aimait pas beaucoup s'y rendre parce que certains détails lui rappelaient là-bas. Elle se rappelait sa mère et son sourire toujours le même, ses frères, elle se sentit très lâche : jusqu'à quand allait-elle se jouer la comédie ?

Cette nuit l'avait remplie d'émotion, de cette émotion qui vous monte des côtes, vous serre la poitrine tandis qu'une grosse boule dans la gorge vous empêche d'avaler ; alors elle pleurait pour se dégager. Chaque fois qu'elle était ou très heureuse ou triste, cette émotion la prenait, elle essayait de penser à autre chose, mais c'était difficile, cela l'agaçait aussi de toujours pleurer, cela n'arrangeait rien. heureusement pour elle, le coq brisa toutes ses pensées, il était quatre heure, elle entendait le vieil oncle qui se levait, il baillait très fort, on aurait dit un chat qui miaulait, il restait quelques minutes assis en prenant ses chevilles avec ses mains pour s'étirer un peu, puis se levait et allait chercher le sceau métallique. Il se rendait près du puits pour se purifier et prier, le soleil était encore un peu voilé à cette heure là et une brise légère soufflait toute fraîche. Zeida aurait voulu se lever pour profiter du matin qui s'offrait à ceux qui pouvaient l'apprécier.

Mais la fatigue fut plus forte et elle s'endormit, d'un profond sommeil, d'un de ces sommeils qui donnent l'impression de mourir un peu.

Un cavalier noir galopait dans le vide sans tomber ; son cheval blanc comme un nuage filait lentement. Le cavalier, beau très beau, était noir avec des cheveux blonds.

Il riait de ses dents blanches. Un palais doré apparaissait au loin. Le cavalier noir dirigea son cheval vers ce paradis, suspendu au ciel. Quand il s'approcha, une porte en or se leva. Le cavalier entra, il prit la direction d'une lumière blanche intense.

Elle le guidait dans un profond couloir, là se trouvait une grande cage d'or et d'argent une femme sans yeux et sans nombril se trouvait à l'intérieur !

Le cavalier s'arrêta, le cheval ne bougea plus. Il regardait la femme étrangement, elle ne le voyait pas, mais elle sourit. Il sourit aussi, il déroula une étoffe pourpre, couvrit la cage et tout disparut dans un nuage blanc !

Zeida se leva tourmentée, en se tenant les yeux, elle était tout en sueur, dehors le soleil était haut maintenant et il chauffait férocement.

Zeida avait mal à la tête, il devait sûrement être midi, elle sortit dehors et alla près du puits, il y avait un sceau déjà rempli.

— C'est pour toi, cria sa tante, je t'ai entendu bouger, allez ! dépêche-toi fainéante, il est presque une heure.

— Oh ! zut, cela faisait longtemps que je ne m'étais réveillée si tard, oui amti, je viens, est-ce qu'il y a du thé à la menthe ?

— Mais, bien sûr, que veux-tu qu'il y ait d'autre, Mustapha en a coupé ce matin, lave-toi et viens manger ?

Zeida but son thé à petites gorgées, elle n'avait pas très faim, elle serrait le verre très fort, il lui brûlait les doigts.

Quel étrange rêve, pensa-t-elle, tout rêve devait signifier quelque chose mais là elle ne voyait pas, surtout après la nuit qu'elle avait passée, mais elle avait l'impression qu'elle avait déjà vécu cela, elle n'était pas du tout rassurée, cette ombre noire était comme une empreinte sur son cœur.

— Tu veux des œufs ? dit sa tante.

— Hein... non amti, je n'ai pas très envie de manger.

— Tu devrais manger quand même, tu m'as l'air bien pâle.

— J'ai trop dormi.

— Pour ça oui ! ici il vaut mieux se lever avec le soleil, frotte-toi les tempes avec un citron coupé en deux, cela te soulagera.

— Oui...

Elle n'était vraiment pas en forme, tout de suite elle se demanda si Watani viendrait tôt aujourd'hui, elle voulait déjà le revoir. Elle regardait distraitement sa tante qui sortait les couvertures pour les aérer. Comme elle trouvait, ces gestes simples ! Tout était simple ici, il n'y avait presque pas de meubles, la seule richesse de sa tante consistait à entasser des couvertures en laine dans le fond de chaque pièce, elles étaient aérées et pliées soigneusement. Zeida n'arrivait jamais à les plier aussi bien que sa tante, quand elle essayait, sa tante se moquait d'elle, il fallait que l'alignement soit parfait.

Elle avait traîné toute la journée, elle ne s'était même pas habillé ; en fin d'après-midi, elle se coucha dans le grand salon, elle fixait le plafond en comptant les poutres en bois, lorsqu'elle préférait ne pas penser, elle comptait les mouches, les mosaïques, tout était bon, c'était comme un lavage de cerveau. Elle resta ainsi une heure, cela aurait pu durer une éternité. Juste quand elle allait sombrer dans un léger sommeil, elle entendit Mustapha parler à une voix qu'elle reconnut aussitôt, elle se leva brusquement, allait-il entrer ? Elle essaya de se calmer, plaqua ses mains sur le visage pour effacer son trouble. Cette voix chaude si près d'elle, mon Dieu ! hier tout était si simple et voilà que je me complique de nouveau la vie !

« Zeida, Zeida », c'était Mustapha qui l'appelait.

Elle marcha doucement à petits pas comme si elle passait une épreuve.

Quand elle apparut, elle n'osa pas regarder Watani directement.

– Zeida, je descends au village ? tu veux venir avec nous ? mère m'a dit que tu voulais écrire à tes parents.

– Oui, comme cela j'irai à la poste.

Watani était debout, silencieux, ses yeux verts brillaient un peu plus, il était habillé d'une chemise à manches courtes, dans la petite poche, son paquet de cigarettes à deux dirhams, un vieux jean, aux pieds des sandales en mauvais cuir, comme s'il avait, sur lui tout ce qu'il possédait. Elle avait l'impression que cette image serait éternelle tant cela lui allait bien.

– Je vais m'habiller.

Disant ces mots elle en profita pour regarder Watani.

Ils marchèrent pendant une demi-heure avant d'arriver au village, partout où ils passaient, Zeida était fixée avec insistance, elle avait fini par s'y habituer.

Ce qu'elle aimait le plus dans ce pays c'était le regard des enfants, ils couraient pieds nus, habillés de couleurs vives, ils étaient curieux, espiègles, ils vous souriaient, puis s'enfuyaient dans un éclat de rire. Elle leva la tête vers ce ciel si bleu mais tellement absent. Watani n'avait pas cessé d'observer Zeida à la dérobée, il fut ému de la voir s'attendrir sur tout, comme si, lui aussi, redécouvrait des choses qu'il croyait connaître.

Elle n'est pas faite pour vivre ici, pensa-t-il tristement, elle est trop romantique, ici le rêve n'est pas permis, il ne voulait pas la décevoir mais quelque chose en elle lui échappait.

Beaucoup d'animation dans le village, tout le monde sortait quand il faisait plus frais, comme les serpents. Des groupes de jeunes filles se tenaient par les bras et suivaient le trottoir, tandis que les jeunes gens se donnaient la main en marchant au milieu de la rue, charriant les jeunes filles... mais de loin.

Des vieux, accroupis le long des murs, discutaient tout en ayant l'œil à tout ce qui se passait.

Sur la petite place les éternels cars attendaient dans un ronronnement, puis cette odeur de brochettes que Zeida aimait beaucoup, Mustapha faisait des signes de la main à l'un ou l'autre qu'il connaissait.

– Tiens voilà la librairie si tu veux acheter tes cartes !

– Oui.

Elle choisit quelques cartes dont une représentait la place du village ! elle n'avait pas de stylo à bille.

Le libraire lui en prêta un.

Il était d'une politesse toute mielleuse, mais il avait l'air gentil.

Elle griffonna quelques mots, elle devait rester très vague, ses parents ne devaient se rendre compte de rien.

En revenant de la poste, Mustapha proposa à Zeida de faire le tour du village, il n'était pas grand, en une demi-heure le tour était fait.

Elle était satisfaite, cette promenade lui permettait d'avoir à ses côtés un type qui lui plaisait, (son cousin ne s'en doutait pas). Partout où ils passaient elle croyait entendre Europe, Europe, fille de l'Europe.

– Dis, tu les entends, pour eux je ne suis plus la fille d'ici.

Mustapha sourit et Watani aussi. « Eh ! oui dit-il ironiquement pour eux ceux qui partent n'appartiennent plus à leur pays. Et puis qu'est-ce que tu veux, tu es là avec nous, alors que garçons et filles marchent chacun de leur côté et toi tu es entre deux garçons, ils t'excusent parce que tu viens de l'Europe. »

— Mais enfin tu es le fils de ma tante et Watani est ton ami.

— Ça peut arriver une fois, mais quand être accompagnée devient une habitude, la jeune fille est vite montrée du doigt.

Zeida était exaspérée, bien qu'elle fasse un effort pour comprendre, elle admettait difficilement ce genre de discours, mais elle devait s'avouer aussi que beaucoup de choses lui étaient permises parce qu'elle n'était pas du pays.

D'ailleurs, ils pensaient tous qu'un jour ou l'autre, elle repartirait, c'était dur à avaler quand même, elle implora Watani du regard, mais lui fixait la pointe de ses sandales elle sentait qu'il était mal à l'aise.

— Bon, dit Mustapha, on retourne à la maison, le soleil se couche vite, quand on arrivera il fera noir.

En effet, l'horizon rougissait lentement et le ciel se couvrit très vite d'un voile plus sombre, rien ne bougeait à l'horizon, quand ils arrivèrent quelques étoiles brillaient timidement, Zeida était triste, elle avait envie de se blottir contre quelqu'un et de flotter, la nuit pourtant promettait d'être belle.

En arrivant, Mustapha proposa à Watani de rester dormir, il y avait de la place dans le patio et puis il ne risquait pas d'avoir froid, les nuits étaient plus chaudes.

Zeida retint difficilement sa joie, mais il était important pour elle de ne rien montrer.

Watani était gêné, cependant il ne dit rien, Mustapha lui tapa amicalement l'épaule.

Zeida se rendit à la cuisine, cela sentait bon, la tante, accroupie, une lampe à pétrole dans la main, une grosse louche de bois dans l'autre, remuait la viande dans la marmite. Quand elle vit Zeida, elle sourit.

— Tu vois, ma fille, comment je dois cuisiner, en bas au village ils ont tout le confort, mais ici il faut s'abîmer les yeux et sentir l'odeur de ces sales lampes, dès qu'il fait noir on ne sait plus ce qui se passe dans nos marmites, pour le moment ça va, mais quand mes yeux trop fatigués ne verront plus rien ! et... tout cela à cause de quelques têtues qui ne veulent pas payer la taxe pour faire venir les câbles jusqu'ici, alors tant qu'on ne se met pas d'accord il n'y aura pas de lumière : les Arabes ils ne se mettront jamais d'accord pour leur bien, lança-t-elle furieuse !

Zeida riait, mais elle savait qu'il n'y avait pas de quoi.

— Au lieu de te plaindre, dis-moi ce que tu as fait de bon.

— Tu verras bien quand on mangera.

— Non je veux savoir.

— Tu es trop curieuse, ma fille, j'ai cuit un serpent et ses enfants, la femelle je la garde pour demain, dit-elle malicieusement.

Zeida riait de plus belle, elle lui prit la louche et la plongea dans la marmite, elle en sortit un morceau de viande, un peu de carottes et des olives, elle les porta à sa bouche.

— Humm... c'est bon, mais c'est du lapin.

— Eh oui ! et que veux-tu que ce soit.

Zeida avala gloutonnement le morceau de viande et alla se changer, elle mit une blouza (28) blanche que sa tante lui avait offert et elle se rendit près de son oncle pour l'embrasser. Elle aimait ce vieil homme, il racontait toujours les mêmes histoires et Zeida l'écoutait toujours de la même façon, il lui versa un verre de thé, il y avait toujours un plateau à côté de lui, la bouilloire toute noire sifflait doucement sur le bra-

---

(28) Robe.

sero, elle pensait que ces objets était sa raison de vivre, avec la terre naturellement, il mourrait un verre de thé à la main que cela ne l'étonnerait pas ! La soirée passa paisible, et toutes les autres qui suivirent furent pareilles, dans la même sérénité, Watani venait très souvent, il ne parlait pas beaucoup, mais ses silences enveloppaient sensuellement Zeida. Ils passaient des nuits entières à observer le ciel, Watani ne bougeait pas, il se contentait de la regarder, mais c'était tout : Zeida était piquée par ce respect trop grand.

Quand il lui apprit qu'il devait bientôt partir pour Fès, elle comprit que le mince fil qui les attachait allait se briser, elle pensait qu'il pouvait attendre encore un peu, Zeida était tellement prise par Watani, qu'elle ne se souciait plus de son entourage, sa tante commençait à s'inquiéter, mais elle ne savait pas comment lui parler. Un jour, pourtant, elle lui glissa cette phrase : « Zeida ici, quand un homme tourne trop autour d'une maison où il y a une jeune fille, s'il ne la demande pas en mariage, cela finit toujours par des histoires. »

Zeida lui avait répondu qu'elle ne voulait pas se marier, pas maintenant en tout cas, alors sa tante, pour la première fois, se fâcha :

— Non, ya benti, ce n'est pas honorable pour notre famille, je t'ai permis beaucoup de choses, mais si ton père savait que ce « vert des yeux » te tourne autour, il ne serait pas content : tu sais, mes filles n'ont jamais pu parler avec leur mari, seulement après les fiançailles, quand tout le village a assisté à la fête, je t'aime comme ma propre enfant, mais tu dois être fière, je ne voudrais pas que les femmes puissent parler comme des vipères, et, cela va vite ici.

Zeida ne dit rien à sa tante, mais elle sortit et se mit en dessous de l'olivier, elle savait que dans le fond ce n'était pas très sérieux, d'ailleurs qu'est-ce qu'elle espérait de Watani... sa compagnie, mais elle avait un peu trop oublié où elle était... une ombre noire passa dans sa tête.

Elle continuait de rêver éveillée, renifla et sourit : « Je commence à dérailler un peu ». Elle marcha parmi les oliviers, l'herbe haute lui caressait les jambes, des papillons bruns volaient çà et là, un petit berger passa avec quatre chèvres qui tenaient à peine sur leurs pattes, il tenait son bâton derrière ses épaules, il avait de grands yeux avec de longs cils noirs ; il dévisagea Zeida et continua son chemin, il se retourna pour la regarder à nouveau et disparut, Zeida n'entendait plus que les petites clochettes accrochées aux cous de ces chèvres squelettiques.

— Zeida... Zeida fit une voix.

Elle sursauta en pivotant sur elle-même.

— Watani, tu m'as fait peur.

Il avait l'air content.

— Zeida je pars pour Fès dans deux jours, j'ai été accepté pour passer le concours, le facteur m'a remis la convocation ce matin !

Elle le regarda sans rien dire.

— Heu... on pourra s'écrire, reprit-il maladroitement.

Dans sa joie, il n'avait pas réalisé qu'une telle nouvelle n'allait pas particulièrement plaire à Zeida.

— Zeida, tu sais que j'ai beaucoup de chance, ce n'est pas facile d'être accepté, des centaines et des centaines de jeunes écrivent pour ce concours et bien peu sont pris, mais... tu ne peux pas te rendre compte, depuis que tu es ici, tu n'as pas quitté la ferme de ta tante !

— Watani, c'est pas gentil de me dire cela.

— Excuse-moi Zeida, tu sais cela représente énormément pour moi, surtout pour mon avenir.

Il la prit par la main et l'entraîna plus loin, Zeida se

laissa faire, elle aimait le contact de ses mains toujours chaudes.

– Viens, on va trouver un endroit tranquille, je voudrais qu'on parle un peu.

Elle n'osa rien penser, mais ce ton, trop doux... elle se mit sur ses gardes, alors elle était prête à tout entendre.

Elle le suivit comme un automate, il mit les mains autour de ses épaules.

– Ma petite fille d'Europe, tu rêves beaucoup trop. Si tu restes encore ici tu vas être très malheureuse.

Zeida ne voulait pas comprendre.

– Mais on est bien ensemble !

– Zeida tu sais, pour qu'on reste ensemble, il faudrait qu'on se marie, tu ne veux pas de mariage et moi de toute façon je serais incapable de me lier à toi maintenant, je n'ai aucune situation, mes parents espèrent que je vais les aider bientôt, et ce n'est pas encore sûr, je ne peux rien t'offrir, retourne là-bas, essaye de faire quelque chose, ne te laisse pas aller...

– Mais...

– Non Zeida, je te parle comme cela parce que tu me plais beaucoup, mais tu n'es pas faite pour moi, je n'arrive même pas à te comprendre... repars, le rêve n'est pas permis ici.

Il posa sa tête contre le ventre de Zeida et se mit à pleurer : « Non il ne faut pas pleurer ». Elle lui caressa doucement les cheveux, elle regardait les grenades encore vertes et petites, on aurait dit les larmes de ces arbres.

Ce n'était pas la peine de gémir, un cavalier attendait tranquillement à l'ombre du figuier...

Elle prit le car à l'aube, l'air frais et parfumé imprégnait son corps, elle ne savait plus...

Sa tante lui avait donné du beurre rance pour sa mère. Ses cousins, ses cousines, tout le monde avait pleuré avec elle, personne n'avait rien dit, d'ailleurs les mots n'auraient rien apporté, elle partait laissant derrière elle cet ailleurs !

Étrangère voilà ! elle se sentait tout bonnement étrangère, il n'avait pas suffi de revêtir une blouza, de tirer l'eau du puits pour devenir une autre, tous ils avaient essayé de lui faire plaisir, personne n'a pensé un seul instant qu'elle était sincère, qu'elle voulait effacer, faire une croix sur son passé, non personne n'y a cru et elle avait fini par se convaincre aussi, le choix de s'être retirée totalement de tout ce qui pouvait lui rappeler l'Europe n'avait fait qu'accentuer les contradictions qui l'habitaient.

Un cavalier noir galopait sur son cheval, elle pouvait le voir de la vitre du car, lui aussi l'accompagnait, il la suivrait donc partout !

Le car était bondé, au fur et à mesure qu'il s'éloignait du village, il recueillait des gens qui attendaient, assis sur leurs paquets.

Quand il fut plein, il ne s'arrêta plus. Le chemin était long jusqu'à Casablanca, il fallait d'abord passer par Fès, Meknès, Rabat et puis seulement après Casablanca, sans oublier tous les villages et les petites villes où il fallait s'arrêter aussi.

Le chauffeur était sûr de lui, cela devait être un vieux de la vieille, il avait des lunettes noires avec un cadre doré, ses incisives étaient en or, la moustache bien taillée, vêtu d'une chemise bleu ciel à l'américaine, il était velu et sa nuque faisait penser à celle d'un taureau, un vrai commandant de bord.

Zeida observait tout le monde, le graisseur aussi l'intriguait : lui, il était plutôt petit, très agile, nerveux, il avait une tagia sur la tête et portait un tablier bleu. Il s'occupait de tout dans le car, vérifiait les billets descendait, montait les bagages, s'adressait aux voyageurs, le chauffeur, on ne l'entendait jamais.

L'oncle de Zeida avait glissé discrètement un billet de dix dirhams dans la poche du graisseur, pour qu'il s'occupe d'elle, il avait dit : elle n'est pas d'ici, elle a besoin d'être guidée !

Le graisseur regarda dans sa poche et parut très satisfait. Eh ! oui elle n'est pas d'ici, d'où était-elle ?

Il avait répondu : « Je m'en occuperais comme si c'était ma propre fille. »

Partout elle était touriste, cela elle ne pouvait pas l'accepter, sa gorge se serra. Puis elle revit des yeux verts, un corps long.

– Et toi Watani, tu n'y as pas cru, pourtant j'aurais tout partagé avec toi.

Encore une ombre de plus dans sa mémoire. Il ne lui avait pas fait confiance ; il lui disait toujours :

– Tu es pure, tu es douce, ma petite fille d'Europe, je ne peux pas croire que c'est vrai, j'ai toujours été seul !

– Mais pourquoi Watani, pourquoi tu dis des choses comme cela ?

Il souriait doucement et continuait à fumer sa cigarette.

– Tu sais, reprenait-il, je ne demande qu'à te croire, si tu vivais dans ce pays, tu saurais qu'on doit se lever tous les matins en tapant sur le sol pour se rappeler qu'il va falloir mener une très longue journée, pareille aux autres...

– Les sentiments ce n'est pas ce que tu crois, tu as dans la tête beaucoup de rêves que je ne suis même pas capable de te donner, parce qu'il y a longtemps que je ne rêve plus.

– Il vaut mieux que tu repartes, pars Zeida, retourne là-bas, au moins tu es libre de penser comme tu veux, je ne peux rien t'offrir, rien...

Watani, toi aussi, tu t'es éloigné de moi, comme si j'étais une intruse, tu as dressé beaucoup d'obstacles, nous avons vécu tous nos moments sans jamais y croire, comment cela pouvait-il réussir ?

Si elle avait pu raconter aux gens, comme les vieux

conteurs des souks, elle l'aurait fait avec soulagement, mais voilà elle ne savait même pas s'exprimer dans sa propre langue, ah ! elle était folle, folle ! pourtant son histoire était simple.

Les voyageurs avaient l'air fatigué, il faisait une chaleur insupportable.

Le car roulait vite, le chauffeur était très sérieux, il ne souriait jamais, le graisseur l'appelait « chif ». Lui, était toujours de mauvaise humeur et courait d'un bout à l'autre du bus, en insultant tout le monde.

La plupart des voyageurs étaient accompagnés d'enfants qui criaient, se plaignaient, cela devait être encore plus dur pour eux, les mouches se posaient dans le coin de leurs yeux, ou sur leur morve.

Zeida regardait avec beaucoup d'émotion, elle se remémorait certains enfants européens, nets, avec tous les gadgets mis à leur disposition pour leur confort, l'utile et le superflu. Chacun sa chance !

Elle observait un petit garçon de quatre ou cinq ans peut-être, sa mère le tenait sur ses genoux, il regardait Zeida aussi, il avait de beaux yeux sur un visage très fin, il était très sérieux, beaucoup d'enfants ici avait l'apparence d'adultes.

Elle sortit de son sac des bonbons et les lui donna, il interrogea sa mère pour voir s'il pouvait les prendre, elle hocha la tête en signe d'approbation, elle sourit à Zeida gentiment. A chaque halte que faisait le car, des mendiants se ruaient à l'intérieur en récitant quelques versets.

Une vieille avait beaucoup marqué Zeida, cela devait être aux environs de l'Khemisset qu'elle était montée dans le car. Elle portait un bâton pointé d'un air menaçant, Zeida ne savait pas très bien si elle bénissait les gens ou les maudissait, ses cheveux étaient rouges par le henné sans doute, elle avait tellement de rides qu'on ne distinguait même plus les traits de son visage, des yeux pétillants qui vous transperçaient, personne ne semblait y faire attention, eux, ils avaient l'habitude des mendiants. Mais Zeida se sentait obligée de donner à chacun. La vieille s'était approchée de tous les voyageurs, puis vint vers elle :

– Ya benti, que Dieu t'ouvre les portes du bonheur, qu'il te donne celui qui habite tes rêves, que les portes des trésors s'ouvrent et te comblent de richesse et sagesse.

La femme insistait sur les mots, Zeida prit la monnaie qui lui restait et l'offrit. Alors les yeux de la vieille s'illuminèrent et elle partit en continuant ses bénédictions.

Zeida était superstitieuse, elle espérait que les vœux de la vieille s'accompliraient un jour, elle avait toujours misé sur la chance, mais jusqu'à présent, la chance ne lui souriait pas beaucoup.

Le car démarra, soulevant la poussière qui vous prenait à la gorge, vous laissant un goût de cendre dans le fond du gosier ? Elle était vraiment épuisé maintenant, mais elle n'arrivait pas à dormir.

Elle retournait là-bas ; cette idée lui revenait sans cesse, pourtant elle avait dit à tout le monde que c'était fini, qu'elle n'y remettrait plus les pieds, et voilà qu'elle faisait de nouveau le même trajet mais à l'envers et tout cela aboutirait chez ses parents.

Le décor avait pris d'autres couleurs, une autre allure, elle se sentait perdue, son avenir lui paraissait très obscur, elle revoyait le visage de sa mère, lumineux et résigné, elle était sûre que les yeux qui l'avaient regardée partir auraient la même expression à son retour, peut-être un peu soulagés. Un billet d'avion l'attendait chez une autre tante à Casablanca, elle en aurait bien changé la destination, pour aller où ? Elle était bien dans son pays, mais, voilà, les illusions font oublier bien des vérités et celles justement de ce pays bleu et dans le fond très misérable, pas aussi sentimental qu'elle avait cru. Le rêve n'est pas permis ici, le regard des voyageurs dans le car était net, gens pauvres, ils le savaient, ne se plaignaient pas. « Soyons contents avec ce qu'Allah veut bien nous donner. »

Elle voulait trop, elle demandait la compréhension générale et c'était elle qui s'était imposée à tous, à Watani, à sa tante, même à la mule bornée.

Des larmes coulaient sur son visage, elle les essuya très vite, de la vitre elle apercevait toujours le cavalier noir, elle lui sourit, il arrêta son cheval et déroula son turban, cinq colombes blanches s'envolèrent dans le ciel.

Zeida était rassurée maintenant. Il y a des larmes qui nettoient l'esprit.

« Wah ! raïbi, du raïbi frais » répétait un garçon, un tout jeune garçon, il avait des plaques blanches sur le visage, pieds nus, les vêtements en lambeaux, il riait criant à tue-tête pour qu'on lui achète du raïbi !

Zeida lui en prit un, car elle aimait ce liquide crémeux au goût de grenadine, dès qu'il empocha l'argent, il partit vite, comme un lapin, elle essaya de le chercher des yeux mais il avait disparu dans la foule dense de Casablanca. Quand elle goûta le yaourt elle comprit tout de suite pourquoi : immangeable, du vomis beêk... il m'a bien eu le petit salopard ! Ce devait être l'avant-goût de ce que cette ville lui offrait comme accueil, eh bien ! je suis servie, elle était furieuse. Après s'être calmée, elle se moqua d'elle-même, on l'avait prévenue pourtant, elle n'avait pas cru, elle avait cédé au regard suppliant du jeune garçon, la misère courait les rues à la recherche d'un bout de pain, en fait, c'étaient les yeux qui avaient parlé, le message des yeux, nul ne peut y être insensible, surtout quand il s'agit d'un gosse qui a appris à tricher pour survivre.

Zeida commençait à comprendre, le voile devenait plus clair, l'ombre du cavalier noir s'estompait peu à peu.

C'était dur de vivre ici, et elle aimait le rêve, le rêve était luxe, le soleil pouvait taper dur sur la nuque de ces hommes, leurs têtes à eux restaient bien en place. Parfois s'ils avaient envie de rêver, ils possédaient une recette infaillible : un peu de fatalisme, un peu d'Islam afin de mieux se raccrocher, un fond de l'Ghiwan (29) et surtout beaucoup de haschich, du cirage pour les plus démunis, dans un peu de pain cela se digère. Voilà la recette de leur sourire. D'ailleurs, elle l'avait constaté chez sa tante, où la nature aidait à rêver, quand le soleil se couchait, que les cigales entonnaient leur chant monotone, Mustapha et les autres jeunes se réunissaient en dessous des oliviers pour fumer un joint. Certains garçons apportaient une radio à piles, ils écoutaient la musique pop ou autre et le relent de jasmin et de kif leur tournait la tête.

Voilà le bonheur fabrication misère.

Mais pourtant, elle n'arrivait pas à comprendre l'amour de son oncle pour sa terre ingrate, les habitudes de sa tante. Et Mustapha qui aurait pu partir s'il avait vraiment voulu. Mais il y avait les amis, les longues siestes pendant les grandes chaleurs. (Comme disait sa tante : « On peut attraper le soleil avec ses mains tellement il est bas »).

Le Maroc dégageait une beauté si attachante, la misère qu'elle vivait en Europe était différente, lui avait permis d'aimer son pays malgré les années qui l'en avaient séparée, de se chercher dans ces deux mondes qui l'habitaient. Pourtant elle n'avait pas de réponse pour son rêve, un voile lui collait intérieurement et pour longtemps !

---

(29) Ghiwan : groupe de musique très connu.

Elle se souvient d'un garçon aux yeux bleus comme le ciel de son pays et aux cheveux blonds, elle avait onze ans et lui, un peu plus, c'était en colonie de vacances aux bords d'une mer grise, ils avaient joué ensemble, lors des promenades ils se tenaient par la main.

C'était doux et beau, un bonheur simple comme seuls les enfants savent s'en créer, ce bonheur-là n'avait pas de couleur ni d'odeur. Elle sut longtemps après qu'il aurait été maudit par les siens et elle avait pleuré. Le garçon aux cheveux clairs était perdu dans sa mémoire et ressurgissait dans son pays.

Voilà que les interdits se réveillaient, Watani n'avait pas les cheveux clairs et pourtant ils devaient se séparer parce qu'ils vivaient chacun dans un univers différent, parce que... non ! « Je suis fatiguée ». Elle ne voulait plus penser. Tout était trouble.

Zeida resta deux jours chez sa tante qui l'emmena au boulevard Prince Moulay Abdellah. Elles mangèrent des pâtisseries et des glaces dans un beau salon de thé, seul endroit qui était permis aux femmes ayant une réputation à sauvegarder, sa tante lui avait dit doucement que certains salons de thé étaient souvent prétexte à des rendez-vous pas très honnêtes. Des hôtels luxueux s'élevaient aux grandes artères de la ville monstre. Sa tante lui avait dit aussi que les pancartes publicitaires servaient à cacher un quartier très pauvres où il valait mieux ne pas se promener la nuit, déjà le jour, il n'était pas très sûr.

– Pourquoi cacher, tout le monde sait qu'il y a des pauvres et des mendiants.

– Ne pas choquer les touristes, c'est plus convenable.

Zeida était révoltée, mais que pouvait-elle faire, sa tante disait cela très simplement comme si c'était le ciel qui l'avait voulu ainsi. Il n'y avait donc personne pour protester ?

Et puis les gens l'avaient déconcertée avec leur sourire de résignation, comme s'ils remerciaient le ciel de les garder encore en vie, le plus grand bonheur pour eux c'était d'avoir la santé, le reste... Ils disaient aussi que le paradis était là-haut et que celui qui jouissait malhonnêtement de la vie sur terre allait connaître un enfer qui ne serait pas comparable à la misère du mendiant le plus miteux du pays ! Mais ce genre de discours c'était les vieux sages qui le colportaient, elle restait bouche bée devant de telles paroles, elle devait apprendre beaucoup encore...

La dernière nuit dans son pays fut une nuit presque sans sommeil. Chaque fois qu'elle avait essayé de dormir, une vieille femme les cheveux en broussailles se penchait sur elle, les yeux vides et voulait lui prendre le visage.

Finalement elle s'était levée et était descendue dans le jardin. Sa tante habitait près de la gare, son mari avait un bon emploi dans les chemins de fer : lors de son séjour, elle avait pu jouir de tout le confort possible. Le sifflement des trains, les sirènes des bateaux (l'immense port de Casablanca n'était pas loin) transperçaient la nuit de leurs cris, mais ce que Zeida aimait le plus, c'était lorsque le train passait lentement avec son tchou-tchou. Des mots la harcelaient, voyage, retour, la fille de l'Europe retournait en Europe, quoi de plus normal en somme.

Toutes les têtes qu'elle aimait ou n'aimait pas lui revenaient à l'esprit, qu'allait-on penser ? Elle avait une très bonne excuse, ses parents, ses frères étaient encore là-bas, mais elle se mentait, elle le savait, la famille, quand ça l'avait arrangée, elle l'avait vite oubliée. Elle eut honte, il valait mieux ne rien justifier.

Elle regarda aux alentours pour savourer une dernière fois l'ultime nuit dans son pays, c'est étrange comme la nuit a la même couleur partout, la même douceur trompeuse, mais la nuit n'est que le rêve du jour.

Près du hangar de la maison, elle aperçut ba Banrek, assis sur un vieux sac, il venait du sud lui avait dit sa tante, il était issu d'une grande famille de haratin qui avait émigré dans le désert, il y a très longtemps de cela.

Elle se dirigea vers lui.

– Eh ! bien ba Banrek, tu ne dors jamais !

Il la regarda de ses yeux profonds.

– Non ma fille, j'ai pris l'habitude puis je m'entends bien avec la nuit, c'est en quelque sorte une sœur, dit-il en riant, nous avons la même couleur !, et toi que fais-tu encore réveillée, j'ai cru entendre que tu partais demain...

– Oui Ba Banrek, je pars demain...

– Eh bien, tu devrais être contente, moi aussi j'ai toujours voulu repartir et finalement je reste à la même place.

Il releva le col d'un vieux manteau militaire qui devait dater du temps des Français.

– Eh oui, j'ai toujours voulu partir, partir, partir... répétait-il en hochant tristement la tête, ses yeux gris rouge étaient un peu mouillés.

Zeida lui dit bonne nuit, mais il ne la vit même pas s'en aller. Elle aimait bien cet homme, il ne parlait presque jamais, un mur, disait sa tante ; pourtant Zeida et lui avaient très vite sympathisé, ils avaient peut-être quelque chose en commun.

Un soleil éclatant illuminait les pièces de la maison, Zeida s'était levée de bonne humeur en cette matinée claire, l'avenir était à refaire, elle le sentait bien. Elle s'était lavé le corps à l'eau froide comme elle aimait, l'eau coulait abondamment et dans un jet elle revit beaucoup d'images qui passaient follement, elle fermait les yeux très fort, pour les effacer mais les images continuaient à défiler et s'entassaient à ses pieds. Elle était paralysée... sa tante, sa grand-mère, la mule, Watani, les pancartes qui cachent la ville pauvre, l'odeur de jasmin, le petit vendeur de raïbi, la beauté de son pays puis... le garçon aux cheveux clairs, la grisaille... l'Europe.

Elle s'assit dans la baignoire, mit ses jambes contre son corps et pleura pour se réchauffer, en espérant faire fondre les images de ses contradictions.

Sa grand-mère avait raison, elle ne devait pas fuir, jusqu'à présent elle n'avait fait que courir après des ombres, la réponse n'était pas ici, l'exil lui avait bien plus appris qu'elle ne le croyait, l'exil était et serait toujours son ami, il lui avait appris à chercher ses racines.

Le cavalier noir se pétrifiait dans le désespoir de sa mémoire désormais orpheline !

Rien n'était à justifier, ni ici, ni là-bas, c'était comme cela, un point c'est tout ! Chercher et encore chercher et trouver la richesse dans ses contradictions, la réponse devait être dans le doute et pas ailleurs.

Elle prit une serviette et se frotta délicatement, elle regarda par la fenêtre, le soleil éclatant si pur, si bleu, si indifférent à ce marchand de figues de barbarie qui passait tous les jours à dix heures, se meurtrissant les doigts pour manger un peu de pain. Jusqu'à présent elle avait été malade, sa guérison maintenant ne dépendait que d'elle.

Elle entendait encore le marchand qui criait : l'hindi, rial l'hindia (30).

Elle s'habilla, ramassa ses affaires et déjeuna, dit au

---

(30) L'hindi : figue de barbarie.

revoir à Ba banrek qui lui sourit simplement. Sa tante l'accompagna jusqu'à l'aéroport de Nouasser, elle n'avait pas arrêté de parler. « Tu passeras le bonjour à tout le monde, tu diras qu'on espère les voir cette année... »

Quand elles arrivèrent, elles avaient un peu d'avance, Zeida prit un jus d'orange au bar de l'aéroport, la boisson sentait le fruit frais, mais elle était tiède.

— Eh bien voilà tu rentres chez toi, c'est pas mieux ?

— Oui bien sûr... je rentre chez moi.

Elle trouvait cela drôle, chez elle, cela lui rappelait une phrase que répétait toujours sa mère : « Chez moi, c'est là où je mange du pain ».

Il y avait beaucoup de monde, des Européens, des émigrés, les premiers avaient l'air très décontractés dans leur super bronzage du club X, les seconds avait la mine défaite, l'empreinte de la grisaille était profonde, la fatigue leur creusait les yeux, toujours fatigués ces bougres ! Ils avaient peut-être juste de quoi rentrer et recommencer à attendre les prochaines vacances. Nostalgie les devançait déjà pour leur donner ce pauvre sourire qui les réconforte et leur fait croire que demain sera meilleur...

Zeida, elle, se sentait très proche d'eux, là-bas elle verrrait bien !

Il ne fallait pas s'en faire, elle avait ramené un peu de menthe fraîche et des fleurs d'oranger pour les donner à sa mère... elle souriait mais ne rêvait plus...

L'hôtesse appela les voyageurs et les pria de se dépêcher, les destinations étaient... Bruxelles... Amsterdam... Hambourg... Paris...

Table

Préface, par Martine CHARLOT 7
I.. 13
II 41

MISE EN PAGES FOURNIE

Achevé d'imprimer par Corlet, Imprimeur, S.A. - 14110 Condé-sur-Noireau (France)
N° d'Imprimeur : 14162 - Dépôt légal : novembre 1995 - *Imprimé en C.E.E.*